W0205251

ÇA VA MAL FINIR

DU MÊME AUTEUR

À MOTS DÉCOUVERTS : CONVERSATIONS, Grasset, 1987.

CULTURE : LES CHEMINS DE PRINTEMPS, Albin Michel, 1988.

PENDANT LA CRISE LE SPECTACLE CONTINUE, Belfond, 1989.

ADRESSE AU PRÉSIDENT DES RÉPUBLIQUES FRANÇAISES, Quai Voltaire, 1991.

PLACE DE LA RÉPUBLIQUE, Laffont, 1992.

MA LIBERTÉ, Plon, 1995.

POUR L'HONNEUR, Grasset, 1997.

JE VOUS HAIS TOUS AVEC DOUCEUR, Grasset, 2000.

LA COULEUR DES FEMMES, Grasset, 2002.

À MON FRÈRE QUI N'EST PAS MORT, Grasset, 2003.

LA VIE MÉLANCOLIQUE DES MÉDUSES, Grasset, 2005.

LE SILENCE, Grasset, 2007.

FRANÇOIS LÉOTARD

ÇA VA MAL FINIR

BERNARD GRASSET
PARIS

ISBN 978-2-246-73791-9

Tous droits de traduction, de reproduction et d'adaptation
réservés pour tous pays.

© *Éditions Grasset & Fasquelle, 2008.*

Féerie des commencements

> « La manifestation du pouvoir qui impressionne le plus les gens est la retenue. »
>
> THUCYDIDE

Ça a débuté comme ça. Une élection, une fête, du champagne. Et du chiffre d'affaires au mètre carré. C'était pétillant. Je n'allais pas bouder mon plaisir puisque j'avais voté pour lui. Je pensais seulement à Céline. Il avait écrit dans sa tristesse, sa férocité : « Ça a débuté comme ça. » C'était déjà un voyage.

Plusieurs mois après, ma contrition a quelque chose à voir avec l'ancienne inquiétude de ma mère : « Est-ce que tu t'es confessé ? » J'avoue avoir rapidement cessé de le faire, j'avoue aujourd'hui être allé vers des endroits où les Dieux et les Maîtres se sont rendus plus discrets, plus accommodants. Transparents en fait. Et je me dis maintenant : c'est étrange d'avoir voté Sarkozy. Etrange de figurer dans cette foule de dix-neuf millions de Français qui ne se connaissaient pas, ne s'étaient jamais parlé, avaient choisi la parole d'un autre, séduits qu'ils étaient par l'insaisissable écho de la rupture. Oh ! Au début ça n'avait l'air de rien, ce n'était pas bouleversant. Ça semblait évident. On était si nombreux... Euphorie, livre d'images, nouvelle saga dans l'histoire de notre vieux pays. Du *Paris-Match* dans toutes ses couleurs, des bulles dans des flûtes, de la Haute Couture, du Kennedy pour les pauvres...

La rupture était un vieux produit toujours sur les étagères du pouvoir. Il continuait à se vendre parce que la vie quotidienne prenait vraiment l'allure de la tristesse.

Et puis ça s'est gâté. Le tourbillon a occupé la place de la mémoire et de l'avenir. On a séduit et gouverné sans vraiment choisir. Séduire et séduire... Toujours. Sans cesse... On avait devant soi la vision étincelante d'un homme qui s'épanouissait comme une fleur japonaise. On la mettait dans un vase, l'eau d'un petit monde, et hop elle prenait toute la place... Le nouvel élu était un homme à facettes multiples : une sorte de Fred Astaire faisant l'apologie hystérique du travail.

Dieu sait si ce Paris était minuscule! La Cour, à Versailles, ce n'était pas beaucoup plus. Et la France n'avait pas changé. Elle était même devenue plus petite. Il fallait simplement avoir les reins souples, la joue prête à recevoir des soufflets, la cheville courbe, le chapeau comme un râteau sur le sol, le regard en dessous. La servilité apparaissait pour ce qu'elle était : une compagne attentive et dévouée des puissants. J'étais étonné de voir avec quelle rapidité s'organisait le concours général des reptations. Je pensais que ça aurait pu être un peu plus long.

Certains chroniqueurs s'épanchaient en flatteries. Il y avait tant de manières de les acheter ! Et tant d'argent ! Dans le film de Rossellini – *La Prise du pouvoir par Louis XIV* – on entend ceci : « Le soleil ni la mort ne se peuvent regarder fixement. » Le Roi enlève ses bandelettes, ses rubans, se dépouille peu à peu et ouvre La Rochefoucauld. Il regarde la mort et ferme les yeux.

Sarko n'a rien ouvert. Pas le temps. Il n'a jamais eu le temps. Le livre c'est moins urgent que le pouvoir. Il fallait saisir la République comme on le fait d'une femme. Satisfaction immédiate puisque le désir était partagé.

Donc, un homme au début de son rêve réalisé. Fouquet's, accolades, jeunes femmes et vieux financiers, ceux qui avaient bien joué leurs économies, au bon moment, les avisés, les parieurs, les cauteleux, pas beaucoup de grognards, quelques amuseurs qu'on appellera des artistes. Beaucoup d'investisseurs. Ça pouvait rapporter gros. Une belle opération...

Moi, je me disais que mon vote avait peut-être été un peu précipité, un engouement. Que j'aurais dû réfléchir davantage... méditer... Je connaissais l'homme. Il m'avait apprécié, c'était mauvais signe. La dame Royal ne me plaisait pas, dois-je l'avouer? Une femme? C'était une riche idée! Il fallait cette féminité pour arrondir et pacifier le côté granitique du pouvoir. Il fallait des courbes, un regard, une bouche, des baisers possibles. Des idées aussi, ça aurait été bien...

J'avais sauté l'épisode Bayrou. Il avait fait d'une famille politique une poupée gonflable. Elle se trouait. C'était difficile d'y souscrire...

Alors, me voilà, attentif, un soir devant ma télévision. Heureux que soit terminée la Foire du Trône, l'avalanche du toc, des miracles en plastique, la compétition des paradis. Mais pas vraiment fier. Jusqu'ici j'avais voté pour des futurs battus... Un certain goût pour les derniers carrés me poussait vers des batailles sans lendemain. Giscard en 81, Balladur en 95, je trouvais que ça avait un peu d'allure, une certaine ironie... Le bon choix écrasé par la démagogie, on ne peut pas le regretter.

Mais là, on la voyait arriver la victoire... Que de la finesse, du beau Verbe et du beau linge ! Il parlait comme dans un livre, Sarko. L'autre, la dame, elle avait de la peine. On sentait que l'éloquence ce serait pour la fois d'après... Sarko lui, sur un marché, c'est un évangéliste américain. Vous l'écoutez et vous repartez avec le sèche-salade électrique, le taille-crayon musical, la gomme magique, la machine à couper les poils du nez, une invitation à la Star Academy... Arrivé chez soi c'est différent. On est un peu honteux, on s'est fait prendre. Mais quel talent ! Les ménagères de quarante ans sont subjuguées. On a de l'admiration. Presque de la reconnaissance. Tout devient, dans un tel discours, un moment de bonheur. Dans l'univers de la magie politique, le meilleur moment c'est lorsqu'on oublie qu'on s'est fait avoir. On est toujours trop nombreux dans ce cas-là. Sénèque l'avait écrit : « La preuve du pire, c'est la foule. »

Naturellement mon côté gaulliste avait quelques regrets. La France prenait des allures de grande surface, et parmi les candidats, mon produit était en tête de gondole. La publicité et les promesses s'accompagnaient l'une l'autre comme deux petites voleuses qui font les sacs à main. Ensemble tout était possible. J'étais heureux qu'on soit ensemble C'est étonnant comme on aime à croire ce qui n'est pas croyable.

Il a fallu plusieurs mois pour entendre parler de faillite. L'homme de Matignon, Fillon le velouté, s'était laissé aller. Faillite ! C'est un mot que l'on aurait aimé entendre au mois de mars, avant l'élection... Au moment des giboulées. On s'y serait fait. Moi, je pensais à Churchill : « Je n'ai à vous offrir que de la sueur, des larmes et du sang. » Et Londres bombardée tous les soirs. Nous on allait très bien. Merci. La dette faisait à peu près l'équivalent du budget de l'Education nationale. Les intérêts seulement ! Pas le capital. Je me disais : ça va être bien. On pourra faire deux fois plus de lycées... Il suffira de rembourser ce que nous devons, de revenir à l'équilibre et le tour sera joué ! D'autres le font autour de nous. Ç'aurait été une promesse de grande qualité. Un millésime rare au rayon de l'œnologie politique.

J'avais oublié que la dette c'est comme la morphine : du bonheur immédiat ! On a donc choisi la béatitude.

Mais je dois revenir vers ce soir-là. Le premier soir. La Genèse, la Bastille, la fête. J'en avais connu des soirs comme celui-ci. L'un d'entre eux, en 1995, c'était la fête de la « fracture sociale » ! Chirac au balcon, les cris, les exaltations, les ferveurs multiples. Il y avait déjà Sarkozy. Il m'avait dit : « Il faut y aller... » Je savais qu'on se ferait huer, insulter, malmener. Nous avions soutenu Balladur. C'était considéré par nos concurrents comme une sorte d'apostasie. Il fallait nous brûler ! On y est allés quand même. On m'avait toujours dit qu'au tennis, comme au rugby, mes deux sports favoris, il fallait saluer l'adversaire. Surtout lorsqu'on est battu. Nous fûmes donc gentlemen... Parmi d'autres amabilités nous reçûmes sur la tête quelques chaussures et puis des injures d'une atroce banalité « vendus, pourris, traîtres ». Le talent sémantique n'étant pas au rendez-vous, je passe rapidement sur les mots qui accompagnent normalement la tendresse, l'amour et qui dans cette occasion en donnaient une image légèrement partiale. « Enculés » et « pédés » figuraient ainsi en bonne place dans les vociférations.

Sans être particulièrement impressionné je confiai au jeune Nicolas mes doutes quant à l'opportunité d'une courtoisie visiblement mal comprise. Le « Rassemblement » avait fait passer la vengeance avant la victoire.

Rien de tel en ce soir de mai 2007. Et pour cause : Madame Royal s'était battue elle-même. Ce fut pour la droite un intermède délicieux entre deux vallées de larmes. Celle d'avant : Chirac trompant son ennui dans des embrassades diverses. Celle d'après : on allait voir ce qu'on allait voir !

Dès le lendemain on ne fut pas déçu : la retraite monastique bercée par le clair de lune sur un scénario de Fitzgerald, le clapotis des flots au large de Malte, puis aussitôt après le déferlement des milliardaires, la chasse aux nigauds baptisée modestement « ouverture », les infirmières bulgares, le drapeau tricolore relooké par Prada, les intermittences du cœur sous les ombrages de la Lanterne, un gouvernement tétanisé par les engueulades, les escapades à Saint-Tropez, enfin les bien-aimés du pouvoir, le gratin du bottin mondial : Chávez, el-Assad, Kadhafi, Poutine... les cancres du passage en terminale de la démocratie. Je commençais, petit à petit, à bouffer mon bulletin de vote.

Bien sûr, j'exagère ! Je sais ce que l'on va me dire : « Tout ce qui est excessif est insignifiant. » Vieille phrase politique particulièrement éculée et surtout très utile dans un débat, lorsque vous perdez pied. Mais il faut être excessif ! Voyez Homère ! Lautréamont ! Alexandre Dumas ! Verdi ! Et Job sur son fumier ! Et de Gaulle ! L'excès me fait du bien.

C'est le cholestérol du pauvre. Je vais en abuser. Je vous remercie.

Fin du premier acte.

C'était le soir du premier jour. Et Dieu vit que cela était bon.

A ce moment-là, on pouvait légitiment se poser une question. Où en était l'opposition ? Existait-elle vraiment ? La tourmente l'avait laissée sans voix, sauf à entendre les murmures encore fluets de l'acrimonie. On avait volé ses voix comme dans un bois.

Les éléphants milliardaires barrissaient mollement. Ils avaient ce mouvement de danse lente qui laisse apparaître, dans les zoos, entre quelques pets délicats, une sorte de contentement. C'est un animal qui aime être regardé. Ils s'enfuirent paisiblement, espérant qu'on les regretterait.

Las ! Lorsqu'ils se retournèrent vers le champ de bataille dévasté, ils furent frappés d'étonnement : on ne les poursuivait pas. Mieux encore : l'adversaire, à la télévision, leur envoyait des signes d'affection. La douceur de ces messages combla la vie des éléphants. On vantait leur civisme traduit par cet échec merveilleux, on exaltait les compétences financières de l'un, les analyses pertinentes de l'autre, la générosité d'un troisième... Ils en restèrent stupéfaits, n'en croyant pas leurs grandes oreilles.

La stratégie du Président était simple. Il fallait pierre à pierre démolir les trois maisons qui s'étaient construites sans son autorisation : le Parti socialiste, le Front national, la petite baraque en contreplaqué que François Bayrou avait sauvée du désastre. Aucune n'avait de permis de construire.

La démolition ne fut pas très difficile tant était grande la bonne volonté des ruines à venir.

Je passe sur la longue colonne des fugitifs du centre. Ils quittèrent, de nuit, à pas furtifs, le Béarnais. On se serait cru dans les environs de Sangatte. Il fallait à tout prix rejoindre la Roue de la Fortune, le camp des riches. Aucune police ne saurait empêcher ces nomades de goûter le fumet qui s'échappait alors des cuisines élyséennes. La gourmandise est un défaut typiquement centriste. J'allais dire démocrate-chrétien mais ça fait vieux jeu.

Les deux autres édifices firent l'objet d'un traitement dont l'habileté fut saluée par les meilleurs experts. Pour le Front national ce n'était pas très difficile, il suffisait de reprendre les thèmes, les propositions, les simplismes qui en firent le succès. Nous y reviendrons.

Pour le Parti socialiste, quelques pierres d'angle, quelques colonnes ou murs de refend furent choisis. A juste titre on pensait que ce parti avait des fondations hétéroclites. Elles ne résisteraient pas à la subtile ablation des moellons les plus utiles.

L'entreprise commença de bonne heure. Elle fut rapidement menée. Devant l'accablante évidence de cinq années sans aucune chance de sauver la patrie, sans invitation à la télé, sans pouvoirs ni dorures, sans gyrophares et, pire encore, sans gardes du corps pour porter les valises, les plus farouches se couchèrent. Ils avaient oublié la belle phrase de René Char : « Ne te courbe que pour aimer... »

Ils n'aimaient pas mais ils se courbèrent. C'était d'ailleurs la mode. On vit ainsi des caractères abrupts, des modèles de vertu, des préposés à la résistance et aux maquis, investir les antichambres, se souvenir de scolarités communes, rappeler, à leur grande surprise, des entremetteurs dévoués, évoquer les douceurs de l'économie de marché, renier toutes les billevesées révolutionnaires de leur adolescence.

Pour l'un, le socialisme n'était qu'une version de l'esprit libéral, une sorte de prémonition, pour l'autre on revenait à la virile exigence de l'Union sacrée, il fallait s'unir pour une grande cause nationale. D'autres enfin, que l'on avait sans doute mal compris, n'avaient fait campagne que sous la contrainte d'une femme autoritaire et quasi fanatique. Ce fut une ruée.

Avec un plaisir digne d'un spécialiste du *Gault-Millau*, le nouveau Président, qui connaissait bien les papilles des médias, sélectionnait les produits, choisissait les ingrédients et surveillait la cuisson.

Ce que l'Olympe avait oublié c'est que ces demi-dieux, jadis les meilleurs compagnons de Mitterrand, allaient bientôt manquer, entre le Ciel et la Terre, lorsque les mortels, dans les usines ou sur les rails, dans les ports bretons, dans les avions d'Air France ou les cabines de la RATP, se mirent à bougonner puis, d'une façon irrévérencieuse, à cesser carrément le travail. Il y avait désormais deux langages : celui du pouvoir et celui de la rue. Mais il n'y avait pas d'interprètes entre les deux.

Que faire ? Le PS exhibait encore un vague secrétaire préposé à la protestation, les éléphants envisageaient ailleurs, bien loin d'ici, « la possibilité d'une île » ; ils n'avaient lu de Houellebecq que la tristesse définitive du monde.

Il se fit alors dans le ciel « un silence d'environ une demi-heure ». Les syndicats, bien contents d'être libérés d'un PS qu'ils n'aimaient pas, heureux d'être affranchis dans les cortèges de ces figures obligées, s'échappant en riant des vieux mots accrochés par habitude à une refondation incantatoire, se mirent à manifester tout seuls.

Ah, le mot refondation ! Qu'il était triste et brûlant, au cœur de l'hiver. Il avait l'odeur de ces pneus calcinés qu'on brûlait devant les entreprises. Comme il semblait issu d'une langue ancienne, une pierre de Rosette, un code d'Hammourabi déchiffré entre deux sandwiches par des salariés dont on avait perdu jusqu'ici la trace !

Heureusement, pour notre équilibre politique et mental, il y avait le dessin de Plantu, tous les soirs, dans *Le Monde*. C'était ma cellule de soutien psychologique, mon petit rire caché dans les replis de ma naturelle inquiétude. Mon Victor Hugo en exil.

La droite, elle, ragaillardie, s'était refondée, comme d'habitude, autour de l'homme providentiel, celui qu'elle avait toujours croisé sur sa route et adopté avec passion quand, dans le même mouvement, elle oubliait ses principes et retrouvait ses intérêts. Le mot « décomplexé » faisait plaisir à entendre dans les dîners en ville du XVIe arrondissement. Quarante ans après, le combat obsessionnel contre Mai 68 trouvait enfin son porte-parole.

Le CAC 40 était aux anges. Ses amis sous les dorures des ministères pilotaient avec dextérité la grande machine gouvernementale. La France éternelle était en faillite mais le « paquet fiscal » était voté... Que demander de plus ?

Certes nous avions déclaré la guerre à la Banque centrale européenne. Ce type qui s'appelait Trichet comme n'importe quel Français, que venait-il faire dans nos projets ? Il tenait tête au nouveau pouvoir ! Il osait, par on ne sait quelle inconscience, ne partager qu'avec parcimonie l'euphorie présidentielle. Il se disait indépendant ce qui au mieux était une arrogance mais en fait une sorte de délit, celui que l'on appelle en temps de guerre d'« intelligence avec l'ennemi »... C'était un empêcheur de croissance, un traître à sa patrie, un affidé de Madame Merkel. Des oreilles ennemies nous écoutaient ! La guerre fut menée mais ce fut notre première défaite, une sorte d'Azincourt où nous fûmes vaincus, non par les Anglais – pour une fois – mais par l'affreuse coalition de l'Eurogroupe et de ses banquiers félons.

Les bleus de chauffe et les bonnets de laine d'un côté, les costards, les bureaux tapissés de graphiques, de courbes et d'ordinateurs de l'autre, il y avait entre Francfort et la grève, une commune et étrange irritation. C'était, dans le paysage, une petite tache qui résistait à tous les solvants. Le Président se tut. Il n'avait pas été avare de brillantes démonstrations verbales et on l'en aimait pour cela. Moi-même fasciné par une parole aussi aérienne j'avais comme de la mélancolie en revenant à ma vie de tous les jours.

Il était le seul ! Ce qu'il faisait n'avait jamais été fait ! Qu'aurait-on dit s'il ne l'avait pas fait ! Il avait été élu pour cela ! Et ce dernier argument me touchait au cœur puisque j'avais mis ce petit bout de papier, à son nom, dans une urne déjà débordante.

Mais il sc tut, boudeur en son palais. Le silence présidentiel frappa le pays par son étrangeté. Les bousculades dans le métro étaient peuplées de mots désagréables. Dans les aéroports, sur les quais, les Français retrouvaient leurs vieilles racines. Peuple de râleurs, communauté liée par la rouspétance, ils avaient, nos compatriotes, retrouvé une parole maussade. C'était un Mai 68 dans les sous-sols et dans les gares, la gaieté en moins, la poésie absente, la jeunesse accablée.

« Si je meurs demain, ce sera d'une attaque de désobéissance », écrivait Léon-Paul Fargue. Le peuple français, comme il l'avait si souvent fait dans son histoire, s'apprêtait à désobéir.

Mais c'était pour rire. Comme disent les enfants. « C'est pas pour de vrai... »

C'était le soir du deuxième jour. Et Dieu vit que cela était bon.

Une autre satisfaction nous fut offerte : il y avait, le soir sur TF1, de nouvelles venues. On ne pouvait pas dire que le goût des jolies femmes manquait au Président. Son gouvernement pouvait présenter, la tête haute, quelques belles et souples princesses.

Je m'étais habitué, au cours d'une vie politique trop longue, à des cohortes masculines, toujours de gris vêtues, cravatées jusqu'aux yeux, énarchisées à l'envi, médiocrement romantiques et constamment sinistres.

Quel bonheur de voir arriver Madame Rama Yade ! Elle avait des droits sur l'homme ! Bonheur sans partage pour ceux qui aiment le mélange du rire et de la pudeur, de l'élégance et de la paix de l'âme, une forme très élaborée de la sagesse... Le contraire du discours de Dakar... Les pieds-noirs, jadis, quand ils visitaient un beau cimetière, s'exclamaient, la main sur le cœur : « Ce cimetière, de mourir il te donne envie. » Madame Rama Yade de gouverner elle donnait envie... Sa peau de pêche conférait à la fonction une infinie douceur. Lorsque le colonel Kadhafi nous rendit une visite qui rappelait, dans ses décors, l'exposition coloniale sur le Champ-de-Mars, elle fut la seule à exprimer une réprobation, si j'ose dire « virile ». La France n'était pas « un paillasson » (je cite) et le « baiser du tueur » n'était pas opportun... A côté de ces mots forts, les murmures effarouchés des socialistes donnèrent le niveau exact d'une formation devenue modestement plaintive. Madame Rama Yade se fit gronder comme une enfant par le Président. Quel dommage qu'elle n'ait pas démissionné ! On aurait eu plaisir à la revoir dans un débat avec Le Pen. Ce qui – bien sûr – comme pour ses propos sur Kadhafi lui aurait été interdit. Les ministres ne se mêlent pas de ce qui fâche. Ils sont là pour faire des voix, pas pour en perdre...

Et puis il y avait Valérie Pécresse ! Une beauté faite d'ironie, d'étonnement, de séduction, la bouche mutine... Un rien de Catherine Deneuve, un autre rien de Sophie Marceau, et beaucoup d'elle-même, une actrice aux prises avec des étudiants mécontents, déjà trop vieux, toujours mal rasés. Qu'elle était belle dans sa petite fermeté discrète ! Sa résistance souriante faisait du bien au pays, elle honorait cette élégance des femmes de France dont nous admirons la permanence.

Il y avait bien sûr Rachida Dati, mais je l'aimais moins. Un côté mec, mode et mépris qui la rendait inquiétante dans le monde de robes noires et d'épais dossiers, dans cet univers si délicat dont elle avait la charge. Les allégories qui traditionnellement l'accompagnaient ne devaient pas lui plaire : on bande les yeux de la justice, on lui inflige une balance et un glaive, on veut que Thémis, fille d'Ouranos et de Gaïa, soit respectée de tous, y compris des dieux. On ne pouvait pas lui bander les yeux qu'elle avait fort beaux, la balance penchait plutôt du côté du pouvoir et le glaive était destiné à honorer les revendications de la Place Beauvau. Avec tout ça, allez rendre la justice!

J'aurais aimé relire avec elle le *Lysistrata* d'Aristophane. C'eût été un bon moment de culture ancienne. Elle aurait mesuré son pouvoir, non pas sur moi-même, bien trop vieux, non pas au nombre de tribunaux fermés, d'avocats mécontents ou de substituts déplacés mais à la liberté du monde grec en 412 avant notre ère.

Le chœur des victimes, des plaignants et des plaideurs, des accusateurs et des défenseurs, des magistrats puissants et des greffiers anonymes, des huissiers vertueux, des gardiens de toutes les prisons, des psychologues et des médecins légistes, tout ce petit monde de la basoche aurait eu plaisir – si elle l'avait voulu – à entonner pour elle le chant de la réconciliation universelle prônée par notre Aristophane de Président : « Allons, rattache avec une bandelette ta chevelure flottante, et bondis comme une biche légère ; excite les applaudissements qui animent la danse, et chante la plus vaillante des déesses, la guerrière Minerve. »

*

Je reviens un instant sur Kadhafi dont la vertu nous avait échappé. Je reviens vers lui parce que, comme grand givré international, il illustre assez bien les chemins tortueux utilisés par notre diplomatie pour choisir ses interlocuteurs. Que les voies du Quai d'Orsay fussent impénétrables, nous le savions. C'est une partie de leurs charmes. Qu'elles eussent perdu, dans ces combats de coqs que sont les rencontres entre chefs d'Etat, quelques plumes de dignité, ce n'était pas non plus une grande nouvelle. Mais il y avait désormais pour les illustrer le cher Bernard et sa modestie incertaine. Dès lors, elles ne furent plus finement ciselées mais simplement erratiques. Il était difficile d'en vouloir à l'intéressé lui-même...

Le philosophe Alain qui ne brigua jamais d'autre emploi public que celui d'enseignant, nous avait prévenus : « Penser est une charge. Obéir et imiter, au contraire, cela donne des plaisirs sans mélange, pourvu que l'on ait bien tué le microbe qui juge. »

Je crois que Kouchner – chéri, chéri – a tué ce microbe avec un certain bonheur. Et sans rancune ! Dans ce régime où il n'avait la parole sur rien, sauf sur ses horaires d'avion, il ne pouvait qu'obéir, c'est-à-dire goûter « un plaisir sans mélange » comme l'écrivait Alain. La République française, bonne fille, reçut donc Kadhafi. L'éternel colonel avait un bilan impressionnant. Deux avions descendus en vol, des attentats un peu partout dans le monde, la torture pratiquée comme l'un des beaux-arts, un pays écrasé, des partis interdits, quelques pendaisons au hasard, à quoi s'ajoutait une folie des grandeurs qui avait dû jadis inspirer Louis de Funès. Mais foin de tout cela ! Comme dirait Monsieur Le Pen, ce sont des détails...

Il voulait une tente, il eut sa tente. Il voulait des photos, il eut des photos, il voulait l'Assemblée, il eut l'Assemblée. Poignées de main, caresses patronales, sourires, protestations d'amitié, rien ne manqua. Il voulait l'Elysée, il eut l'Elysée dont chacun sait qu'il est « le séjour des âmes et des hommes vertueux aux Enfers » (voir le *Robert* que Monsieur Guaino consulte régulièrement). On se demandait si la fatuité du despote allait lui permettre, au cours du dîner officiel, de cracher dans la soupe mais il n'en fit rien... C'était la journée des droits de l'homme. Et des dupes...

Les infirmières bulgares, qui contribuèrent à la gloire de notre Président et de son épouse du moment, se réfugiaient loin de là dans un étonnement résigné.

On avait bien voulu oublier, en haut lieu, qu'elles avaient été torturées, pendues par les pieds avec des fils électriques, fouettées... pour un délit dont on savait qu'elles ne l'avaient jamais commis. Celui qui le savait le mieux était justement ledit colonel, littéralement fasciné par la profondeur de notre mansuétude. Comme aurait dit Sartre, nous n'avions pas les mains sales. Nous n'avions pas de mains...

Quelques semaines avant la visite du colonel à Paris, très exactement le 10 octobre 2007, paraissait au *Journal officiel* l'accord de défense entre Paris et Tripoli. A vrai dire : la partie émergée de cet accord puisque de nombreuses clauses demeuraient secrètes. Elles seront, au mieux, découvertes par nos petits-enfants.

Par la grâce de ce contrat à haute valeur morale signé par notre Président, la Libye devenait ainsi le neuvième pays dans le monde bénéficiant d'un tel lien avec la France, ce qui impliquait une aide militaire en cas d'agression. Juste contrepartie à la libération des infirmières...

On peut espérer que se produiraient quelques cas d'insoumission dans les forces françaises, si jamais, par malheur pour lui, notre colonel venait à être sauvagement agressé. Si c'est par la Tunisie, on aura l'air malin...

Je n'ai pas pu m'empêcher, en voyant l'ordre républicain se plier ainsi aux caprices de tout ce qu'il devrait combattre, je n'ai pas pu m'empêcher de me souvenir d'une autre réception, bien plus ancienne, bien plus symbolique encore, et surtout plus dramatique... On est en 1938. Vient nous rendre visite le ministre des Affaires étrangères du IIIe Reich. Comme il s'appelle von Ribbentrop nos dirigeants un peu radicaux, un peu laïcs, naïfs et respectueux de la noblesse, pensent avoir affaire à un honnête homme. On le reçoit. Il demande qu'on lui présente le gouvernement français. On s'empresse de satisfaire cet impérieux désir. Il y a simplement un petit obstacle. Deux ministres de ce gouvernement sont juifs. Rien de plus simple : on leur demande de ne pas venir. Une heure plus tard le petit voyou autrichien qui régnait sur le Reich millénaire savait qu'on ne l'embêterait pas sur le traitement de la « question juive ». Et voilà pourquoi votre fille est muette, aurait dit Molière.

J'ai oublié de vous le dire : le titre du film projeté chaque soir au Quai d'Orsay, c'est *Danse avec les loups*.

On était au soir du troisième jour. Et Dieu vit que cela était bon.

Sarkozy c'est Glenn Gould en moins délicat. Il joue avec les mots sur son piano. Un artiste. Comme l'interprète canadien, il accompagne ses partitions de soupirs, de mouvements du visage qui donnent à la pièce jouée la permanente allure d'un chef-d'œuvre. Mais ce n'est pas du Bach.

Prenons l'exemple de ses rapports avec la police. Ils ont séduit une droite qui ne plaisante pas avec ces choses-là, ils ont alimenté ses nombreux discours, et sans doute, comme pour tous les enfants, marqué son parcours. Voilà une institution qu'il aime. Il s'y plaît. La Place Beauvau est une famille. C'est difficile d'en parler avec tendresse mais il y arrive. Si les querelles internes y sont nombreuses, les rivalités personnelles et les tentations constantes, ce n'est pas grave. C'est une très vieille histoire : la République a toujours entretenu avec la police des rapports de vieux couple. C'est de l'amour mais il ne faut pas que ce soit trop passionné. L'architecture qui prévaut dans la partie visible de l'édifice est faite de dévouement, de courage, et – le plus souvent – d'honnêteté. Et puis, il y a les bas-fonds, les notes blanches, les dossiers engloutis, les indicateurs véreux, les amnésies bien utiles, les manipulations de tous ordres. Il y a toujours un Bousquet quelque part. Les siècles se succèdent et la maison policière transmet fidèlement ses traditions.

Sarkozy ne parle pas de la police. Il est la police. Il est l'ordre. L'ordre seulement, mais l'ordre complètement. Sa doctrine est faite : les loubards des banlieues n'ont pas de problèmes sociaux, ni de logement, ni de culture, ni d'emploi. Les pédophiles n'entrent pas dans la catégorie de l'acquis mais dans celle de l'inné, les récidivistes que la prison a largement amochés doivent y retourner le plus vite possible. Ils ont été jugés ? Aucune importance. Pour le même délit, déjà purgé, on va inventer « un suivi » en milieu fermé, c'est-à-dire une deuxième prison qui s'ajoute à la première, mais sans jugement. A quoi bon ? C'est l'Etat qui doit décider, c'est-à-dire l'Exécutif, c'est-à-dire la police. Il semble que notre Président n'ait lu ni Tocqueville, ni Montesquieu, ni Benjamin Constant, il semble que la séparation des pouvoirs lui soit une énigme. Si l'on rend la justice Place Beauvau ce sera plus rapide. Et surtout plus près de l'Elysée.

Application concrète : un meeting de l'UMP, quelque part en France, quelques heures avant le référendum en Corse... Nous sommes en juillet 2003. Un meeting comme tous les autres mais qui imitera ce soir-là les hurlements, les trépignements propres aux pratiques du lynchage. « Je viens vous annoncer que nous venons d'arrêter l'assassin du préfet Erignac. » Standing ovation! Le premier flic de France oubliera longtemps le mot « présumé » qui s'impose pourtant, avec la prudence nécessaire, dans toutes les écoles de journalisme. Je suis d'ailleurs étonné que le père d'Yvan Colonna, honnête homme, enseignant estimé et ancien député socialiste, n'ait pas, ce soir-là, porté plainte pour diffamation et mise en cause par autorité publique de la présomption d'innocence. Il est vrai qu'il s'agissait d'un orateur de haut rang, emporté par un élan de ferveur policière. Une sorte de Fouquier-Tinville qui ne savait pas encore qu'il présiderait quelques mois plus tard le Conseil supérieur de la magistrature... Il était persuadé qu'il existait un délit de bergerie corse.

Lors d'un de ses déplacements américains, on l'a vu porteur d'un tee-shirt noir, suant sang et eau dans une rue de New York. Ou peut-être de Washington. Je me demande si ce n'était pas Bernard Kouchner, chéri-chéri, qui était à ses côtés, semblant souffrir le martyre. Mais c'était pour la bonne cause et pour quelques dizaines de mètres de plus, ça valait la peine. Comme disait Giscard avec bon sens : « Mais où est la caméra ? »

Ce qui m'avait intrigué ce jour-là, c'était – en lettres blanches – l'inscription sur le tee-shirt : NYPD ; New York Police Department. On préfère parfois la police des autres...

*

Au fond, qu'est-ce que c'est que cette histoire d'élection d'un Président au suffrage universel ? Je parle de la nôtre, la française, la plus stupide de toutes dans sa brutalité même. On sait maintenant que cela rend les candidats fous et les électeurs légèrement ivres... On sait que côtoyer la puissance (l'*ubris* grecque dont se méfiaient les philosophes athéniens) diffuse des pathologies véritablement stupéfiantes. On sait surtout qu'à 51/49 on joue avec le feu. La dernière expérience en date n'a fait que confirmer tout ce que l'on savait déjà : l'élargissement démesuré de l'ego, la réécriture de l'Histoire, la guérison de toutes les écrouelles et cette magie des grands sorciers surgissant sous les projecteurs, comme dans les films où abondent les effets spéciaux. Et puis ensuite, les accolades hystériques brusquement dénouées en deux dimanches de printemps.

Bien sûr, il y a les petits candidats qui font dans l'improvisation, la nonchalance. On obtient 1 % au maximum, peut-être 2, mais ça fait du bien quand on est « le Petit Chose » du moment.

Ceux-là ne comptent pas. Juste un peu de compassion, et encore!

Non, je parle des grands, ceux qui devraient accepter une psychanalyse d'intérêt public, ceux qui sauvent la Nation à la force du poignet, qui vont bientôt appuyer sur le bouton nucléaire, qui seront dans quelques semaines – chacun le croit, chacun s'y destine – sur la photo officielle des plus petites mairies françaises. Ceux-là, il faut les surveiller de près...

Je me permets de le rappeler : Nicolas Sarkozy se rasait tous les jours. Il était donc obligé d'y penser. J'avais lu dans *Port-Soudan*, le beau livre d'Olivier Rolin, cette phrase que j'aurais voulu coller sous son miroir du matin. « Si c'est une faiblesse de ne pas croire en soi, c'en est une autre, et plus ridicule encore, que de n'en jamais douter. » De toute la force de son énergie, Not'Maître à venir refusait cette faiblesse, indigne de lui, et surtout des épreuves qu'il avait déjà traversées.

On se souvient qu'il répétait volontiers qu'on ne faisait appel à lui que dans les moments désespérés. Alors il arrivait, soulevait le RPR et l'exaltait en quelques jours, redressait le Budget de la Nation, rendait à la police la confiance qui lui manquait.

Déjà on aurait dû se méfier. « Si c'était si facile que ça, croyez-vous qu'on m'aurait appelé ? » Combien de fois l'avions-nous entendue cette question qui tétanisait les journalistes car, à la vérité, elle ne permettait aucune réponse. Blanchot avait raison : « La réponse, c'est le malheur de la question... »

C'est vrai, on aurait dû se méfier. Dans le monde sauvage des animaux politiques il ne faut pas être sur le passage d'un prédateur. Je le sais, j'ai traversé imprudemment la savane.

Chirac était un carnassier débonnaire. Avec lui on était mort mais c'était sans rancune. Chacune de ses victimes, antilope déchiquetée et consentante, devenait digne d'une amitié nouvelle définitivement inoffensive.

Avec Sarko c'était différent. Le fauve avait – si l'on peut dire – une mémoire d'éléphant. Un jour, me parlant justement de Chirac, il m'avait dit : « François, n'oublie jamais ceci : je suis fidèle à mes ennemis. » J'en ai encore froid dans le dos. L'ouverture n'a rien changé à cela. Elle donne à la victime un côté comestible qui la fait s'aplatir avec une docilité déconcertante. La douceur de Jack Lang dans ses approches concentriques du pouvoir fait penser aux roucoulements des pigeons qui ne voient pas, dans la casserole, les olives dont ils seront bientôt entourés.

C'était le soir du quatrième jour. Et Dieu vit que cela était bon.

Pour Sarkozy, ce « je » permanent qui nous encercle, ce « je » de derviche tourneur, ce mouvement d'atome qui veut réchauffer un pays refroidi, ce n'est pas une stratégie. C'est une fuite. Une façon de combler un doute sur la nécessité de sa propre existence, sur l'inquiétude à l'intérieur de quoi il se sent vivre. Le divertissement qui fait de la foule et des ordres donnés, des épreuves subies et du bruit des commentaires, une sorte de reflet dans lequel on se mire et s'admire, ce n'est pas un environnement, ce n'est pas une compagnie, c'est une cavale. Au moment où l'ego devient un sujet de discussion publique, voire une vantardise, il fait fuir la personne qu'il habitait.

Qui suis-je devant ce miroir où je me rase le matin ? Dans cette rencontre avec mon visage, la conquête du pouvoir après le mois de mai a définitivement cédé la place à son exercice. Il y a de la nostalgie dans cette méditation, voire de la rancune envers le présent quand la victoire se dissipe dans la lumière des jours anciens. Invariable et fastidieux, l'échelonnement des semaines n'a plus d'autre aboutissement que l'élection de 2012 pour que, de nouveau, soit reconnue une certaine nécessité de vivre.

Ainsi s'éclaire sans doute l'incident du Guilvinec. On devinait qu'il serait rude. Les marins-pêcheurs qui expliquaient qu'après quinze jours de mer, ils revenaient vers leur foyer avec 200 euros de fatigue et de mains gercées, étaient, comme les derniers paysans, les survivants d'une France passée et dépassée, tout entière réfugiée dans les mémoires. C'était le pays d'avant. Avant le smic et le sida, avant « Qui veut gagner des millions ? », avant la vanité des mots, avant que la planète n'entre, avec ses couleurs et ses tristesses, dans le salon, sous le regard des enfants.

Le Président vient. C'est vrai : c'est assez rare. On sait qu'il part, quelques heures plus tard, pour les Etats-Unis. On devine bien que c'est là-bas, au bout de l'océan, au bout du filet, que se trouvent les gens importants pour l'avenir du monde. Mais c'est ici, à cet endroit précis, avec ces hommes du pays breton, qu'éclate la querelle de rue, l'échange verbal dont les manuels de protocole les plus sérieux ne peuvent pas rendre compte sans embarras.

C'était du genre, dans la bouche du Président : « Viens ici si tu es un homme. Allez ! Descends ! » Quelque chose comme ça. Du viril, du populaire, du provocant, du vrai comptoir de bistrot. Moi, j'aurais trouvé ça plutôt bien, plutôt conforme à mon tempérament, j'aurais applaudi s'il n'avait pas été visible que le Président était entouré d'une cohorte de flics, de gardes du corps, de gendarmes et de militants dévoués, prêts à égorger tout contrevenant. Pour l'interpellateur insolent cela rendait problématique l'issue du combat. Du haut d'une fenêtre il avait utilisé un mot très grossier, inconnu à Neuilly, et, en outre, évoqué la question du pouvoir d'achat. Celui du chef de l'Etat qui s'orientait vers la hausse. Il voulait sans doute dire que lorsqu'on s'augmente soi-même, on n'est pas obligé de jouer les roulements de tambour du garde champêtre. « Avisse à la population », etc.

Cet incident me plaît bien. Imagine-t-on une seconde l'un des cinq prédécesseurs de Sarko, répondant à un électeur (après tout c'en était un...) qu'il allait lui casser la gueule...

Nous étions passés à une autre République, tourbillonnante, échevelée, imprévue, tournée vers le rapport de force comme un tournesol vers le matin.

Le mot « people » prenait enfin du sens.

*

Mais jetons la bagarre et la rancune à la rivière! Quittons Le Guilvinec et revenons à Paris, au cœur du pouvoir, au palais présidentiel. Je veux parler du « Château », la Cité qui n'est pas interdite.

Il y a une décision que Sarko n'a pas prise. Et je la sens venir. Je suis même tenté de lui en donner le conseil.

Cette décision avait déjà traversé l'esprit du général de Gaulle. Il envisagea un instant d'installer – si l'on peut ainsi s'exprimer – l'Elysée au château de Vincennes. Un grand mouvement vers l'est, vers le soleil de l'éternel recommencement des jours.

Retrouver dans ce donjon le souvenir de Charles V, dormant aux côtés du Trésor royal (c'est-à-dire du budget de l'Etat), traverser la France accompagné par une partie seulement des deux cents fonctionnaires qui constituaient alors TOUTE l'administration française, surveiller du haut des tours les émeutes parisiennes qui sont à notre fierté nationale ce que *La Brabançonne* est à la Belgique, aller, le soir, du pavillon du Roi au pavillon de la Reine pour évoquer les affaires de famille... tout cela donnerait de la gravité à notre République. Il y a de la place pour la tente de Kadhafi et trois compagnies de CRS au maximum suffiraient à dissuader les importuns. Et pourquoi pas un petit casino, de la roulette, du baccara et des bandits manchots dans les douves ? Juste pour les copains ?

A Vincennes, on peut réunir à la fois Guaino et Guéant chantant a cappela, sous les voûtes de la chapelle, l'*Hymne à la joie*. On en profite pour rendre (petit déchirement quand même) la Lanterne à François Fillon.

Moi je pense que ce serait une bonne idée. Philippe Séguin accepterait en bougonnant de ne pas critiquer, dans son rapport annuel, la dépense et Madame Lagarde paraîtrait délicieusement décalée sous les voûtes multiséculaires du donjon.

Si je dis cela ce n'est pas pour rire. Pas uniquement. C'est simplement pour que l'on arrête de nous bassiner avec l'avenir. La nostalgie c'est bien plus drôle et ça dure plus longtemps. Le politiquement correct est déjà pénible. Mais j'aime encore moins le « temporellement correct », cette vaste fumisterie qui nous fait croire que le futur a de l'avenir. Il me semble que, nous les Français, nous devrions prendre hardiment le parti du passé. Ça aurait de l'allure parce qu'il n'a plus beaucoup d'avocats, notre passé. Mais il a des hérauts de grande qualité.

Prenez Giscard par exemple. Il chantait : « à la pêche aux moules, moules... » ; il jouait de l'accordéon et avait donné à la France un musée du XIXe siècle. Il aimait Maupassant et Poincaré, la généalogie, l'héraldique, les vieilles familles et leurs porcelaines.

Prenez Pompidou qui rédigeait lui-même une anthologie de la poésie française et conversait dans leur langue avec Villon et Rutebeuf. L'imparfait du subjonctif était sa deuxième patrie, il consommait des bordeaux d'avant le déluge, des fromages patiemment raffinés.

Et Mitterrand ! Il fréquentait les petits bistrots du Morvan, où l'on pouvait encore en griller une, aimait les comices agricoles, adorait la IVe République, s'habillait comme Léon Blum et arpentait sans cesse la Vallée des Rois. Il croyait à la lutte des classes, parlait aux très vieux chênes, traversait les bois sacrés, la forêt de Brocéliande et s'échappait régulièrement vers le mont Beuvray.

Prenez Chirac avec son musée des Arts premiers, sa connaissance très précise des vieilles coutumes japonaises, sa découverte étonnée de la « souris » d'ordinateur. Et puis ce choix délicieusement rétro de la Corrèze pour commencer une carrière !

Prenez, bien sûr, de Gaulle, son invraisemblable ceinturon de gendarme, ses lectures, son goût pour l'histoire, sa très longue mémoire, ses paroles anciennes...

Tous ces Présidents ont apporté leur pierre à la construction d'une nostalgie nationale. Ils avaient compris que le passé n'était pas une énergie fossile mais une ressource inépuisable. Il nous faut d'urgence un Grenelle du passé! On ferait venir des archéologues, des hellénistes, des spécialistes de l'Empire romain, quelques survivants de civilisations perdues, de très vieux Chinois, des historiens chenus, experts en Habsbourg ou en Aztèques, le dernier poilu, etc. On appellerait ça « Demain Bouvines ». Ça ferait plaisir à l'UMP...

On s'éloignerait un instant du cirque de Sarko avec son avion transformé en Air Force One, ses Ray-Ban et ses Taser. (Dans les dîners en ville, cette question : « Vous connaissez, cher ami, ces pistolets qui tuent très légèrement ? ») C'est pourquoi le retour vers l'aube des Valois, la restauration d'un pouvoir éloigné du Pape (américain) et des nobles (UMP) me paraîtrait une orientation judicieuse. D'où le choix de Vincennes, quelque chose entre *Braveheart*, *Barry Lindon* et *L'Année dernière à Marienbad*. Un beau film.

Dans la présente supplique, je demande instamment au Président de la République de revenir en arrière. Il trouvera au fond de notre grenier européen les objets et les mythes, les vieilles images, les références qui éviteraient à nos Eminences de se projeter sans cesse vers des millénaires hypothétiques.

S'il ne veut pas de Vincennes, qu'il me permette une autre suggestion qui aurait pu être utilement proposée à la commission Balladur. On se souvient sans doute qu'Edouard Balladur avait accepté une mission sur la réforme de nos institutions. Ah, Edouard, comme je l'ai aimé ! Elégance désuète, courtoisie constante, pondération, colères rares et froides, respect scrupuleux du petit personnel, gourmandise discrète, vie de famille irréprochable, ironie raffinée, cigares... C'était un Britannique comme on les décrit dans certains romans de William Boyd.

Voici donc ma suggestion : un retour sans autre formalité à la IIIe République, celle des ventrus et des velus.

Sous ce régime il y avait des barbes, des urinoirs publics moins compliqués que les cabines de Monsieur Decaux, toutes sortes de colonies, des expositions universelles et des gardes mobiles devant les cathédrales pour empêcher les processions.

C'était une République rustique, emphatique, provinciale et lubrique, pleine d'enseignants et de cultivateurs, de soldats et d'écrivains. Dieu avait été mis de côté et il s'accommodait à peu près de cette situation.

Les enseignants ne ressemblaient pas à Jack Lang et les paysans n'avaient de José Bové que la moustache. La NRF faisait son métier d'intelligence, le certificat d'études était un vrai diplôme, la laïcité une belle cause et l'affaire Dreyfus une ignominie qui secouait comme un tremblement de terre toute la société.

Il n'y avait pas Internet et ça marchait très bien. Les crieurs de journaux vous annonçaient les guerres et les scandales comme si vous y étiez. Et en plus, on y était. Il n'y avait pas d'OGM et pas trop de mazout sur nos plages.

Même Bécassine faisait de la Bretagne un continent exotique. Tout ce qui était noir : les curés et les bougnats, les mineurs et les tirailleurs sénégalais, était matière à des polémiques pleines de méchanceté, à des sentiments explosifs.

Il y avait des provinces et des saisons, des régiments de cavalerie, des vrais chefs-lieux de canton. Les guinguettes, le cassoulet, la Chambre des députés faisaient un paysage extrêmement français. C'était la République des Jules et des julots, une Foire du Trône sans monarque... On aimait ces jolies filles sauvagement confisquées qu'étaient l'Alsace et la Lorraine. On allait les reprendre aux Prussiens! Il n'y avait pas de problème avec les Corses et l'île était, pour la France, éperdue d'amour.

Certes, cette République – la plus longue de notre histoire démocratique – sombra dans la guerre. A vrai dire le couple franco-allemand ne s'était pas encore enlacé. Il faisait chambre à part. Il y avait des cadavres dans le placard. Mais était-ce la faute du régime si les fascismes intérieurs et extérieurs lui avaient mangé la laine sur le dos?

Etait-ce de sa faute si les états-majors des années trente préparaient la guerre des années quinze?

Il faudrait faire, pour la IIIe République, un procès en réhabilitation. Les avocats seraient nombreux et de toutes origines: Herriot et Péguy côte à côte, Poincaré et Clemenceau, le petit père Combes, Jules Ferry, Lyautey et Schoelcher... Pas assez de femmes, c'est vrai. Mais des troublantes: des espionnes, des criminelles, des femmes de combat social, de luxe, de sciences et d'érudition...

Alors, moi, je voterais pour la Troisième: moins molle que la Quatrième, moins monarchique que la Cinquième, c'était pas si mal...

Voilà ce que je dirais à Nicolas Sarkozy s'il me demandait mon avis.

*

On était au soir du cinquième jour. Et Dieu vit que cela était bon.

J'avoue ne pas avoir songé à Disneyland.

Une amourette au Palais-Royal autour des colonnes de Buren, un coup de foudre, une passion dans les couloirs du musée d'Orsay, au fond du Louvre, dans la pénombre de la Cinémathèque, au cours d'un concert salle Pleyel, entre deux tapisseries à Fontainebleau, on pourrait l'imaginer... Ça peut se mettre en scène avec ce qui convient de références historiques, d'appels à la galanterie française, aux Cours d'amour... Une soirée sur ARTE, un hommage à ce « French Lover » présidentiel qui nous aurait redonné du crédit auprès de lointaines Scandinaves, pas de problème!

Nous nous souvenions quand même que notre pays s'était construit dans des ruts très anciens, des ripailles, des culbutes... Nos souverains avaient été de chauds lapins. Ils couraient la gueuse et n'avaient pas sur l'amour nos prudences caoutchouteuses...

Mes racines provençales me poussaient

quant à moi à aimer les troubadours, la rencontre entre Plutarque et Laure de Noves, le 6 février 1327 en l'église d'Avignon, les femmes de Matisse allongées dans la lumière de Cimiez, tant d'autres merveilles du regard et du corps qui étaient, sous le soleil de chez nous, autant de chants d'amour.

Mais Disneyland, non ! Tout sauf Disneyland dont Ariane Mnouchkine disait, lors de sa création, que c'était « un Tchernobyl culturel »... On ne va pas s'irradier là-bas, dans des châteaux en carton-pâte, quand on porte le flambeau des amours françaises !

Et pourtant ! Et pourtant il y eut, dans cet univers à pleurer, Carla Bruni. Un visage de Botticelli. Au début, à travers ce visage, avant toutes choses, ce que nous aimions c'était l'Italie, notre grande sœur dans le domaine de l'esprit et de l'amour. On disait jadis « les Italies » et on avait raison. Elles se rajeunissaient l'une l'autre. Un pays étonnant par toutes ses couleurs, toutes ses folies. Bonaparte avait volé les chevaux de Saint-Marc mais Venise en avait vu d'autres. Au fond, rien n'était vraiment définitif chez les Italiens... Tout était en mouvement. Tout était arrivé depuis longtemps. Stendhal avait déjà admiré Carla, à l'ombre des allées de Milan, lorsque nos armées y entrèrent. Elle avait une ombrelle et le teint délicieux de ces femmes qui regardaient en souriant les officiers français. Nos histoires sont des parallèles qui défient les règles de la géométrie. Elles se rejoignent toujours.

Avant qu'il connaisse notre héroïne, le Président avait déjà quelque chose de sicilien. Elle allait le rendre milanais, vénitien, toscan, napolitain, piémontais, romain... Pensez donc, avec le Pape, au bout de cinq minutes, il lui tapait sur l'épaule ! C'était bon signe !

Carla était donc la bienvenue. En France, nous restons hospitaliers à la grâce. Surtout lorsqu'elle s'appuie sur le Pouvoir. A ce moment-là, rien ne lui résiste. Les têtes se tournent, le monde que nous avons à ce point détruit accueille la lumière. Et au fond, s'il fallait remercier Carla Bruni de quelque chose, ce serait de son amour pour les hommes...

On sait que Botticelli eut une liaison avec une religieuse qui s'appelait Lucrezia Buti. Elle lui donna un fils et ce fut à l'époque un scandale public. Dieu merci nous n'en sommes plus là mais cet épisode a sans doute permis à Botticelli de peindre les plus beaux visages du monde et d'exalter les merveilles et les joies du corps féminin. J'ai donc fait un rêve : Nicolas et Carla sont dans les bosquets de Rambouillet, au-delà des jardins à la française, tels que nous admirons aujourd'hui *Mars et Vénus*, à la National Gallery de Londres. Botticelli peint : Mars est endormi, la bouche légèrement ouverte, écrasant dans son sommeil une sorte de petit satyre aux yeux égrillards, et Carla-Vénus regarde au loin, au-dessus du songe de Nicolas, vers ses amours perdues. La chevelure de Nicolas-Mars est bouclée, elle retombe autour de son visage alors qu'un autre satyre – est-ce Guaino ? – souffle dans l'oreille du dieu avec une conque, afin, j'imagine, de le rappeler à ses devoirs de guerrier.

C'est une magnifique image du mâle dominé.

Je souhaite que Carla nous confie en chantant la beauté fragile, émouvante, de sa dernière conquête. On entrerait ainsi, de nouveau, dans l'Histoire.

Mais Disneyland, non! Ce serait une curieuse amnésie que d'oublier tout ce que nous devons à la Renaissance. Il faut réagir aux images convoquées par le pouvoir visant à nous plonger dans le monde enchanté des amours foudroyantes. J'ajoute qu'il n'est pas dans nos intentions de subir plus longtemps Mickey et Minnie, Dingo et Pluto, les Rapetou, Donald et l'Oncle Picsou, c'est-à-dire le gouvernement de la République mangeant des bonbons Haribo devant un peuple de

Schtroumpfs fasciné par Carla en panthère rose. Ah, ça mais! comme disait mon grand-père qui avait fait la guerre de 14...

Récapitulons : moi j'aime bien Madame Bruni. Nous avons là, j'en suis convaincu, la future Marianne de nos mairies. Elle sera provisoire, Marianne ayant eu tellement de visages! Mais nous allons l'adopter dans l'allégresse de toutes les images qui entourent la vie du Président : Cécilia dans la chaleur du 14 Juillet, Enrico et Carla sur le divan de la Lanterne avec leurs guitares, le Pape qui fait les cent pas en attendant un Sarkozy en retard, Poutine rougissant des félicitations françaises et Kadhafi qui boude parce que lui, Carla, il l'aurait bien invitée sous sa tente...

Et puis l'Egypte! Ah, l'Egypte! Les trente voitures de la suite présidentielle, à tombeau ouvert, fonçant vers Louxor, toute impatience libérée, la police sur les dents, le Nil interdit, la rencontre du pouvoir et de l'amour, si longtemps racontée au long des millénaires...

Ainsi se fait et se défait, peu à peu, le livre colorié de la République. Il n'y a pas, heureusement, de peuple plus sceptique que le nôtre quant aux vertus de ses dirigeants. On peut à cet égard souhaiter à Carla un destin plus favorable que celui que Louis XIV imposa à Françoise Louise de La Baume Le Blanc de

La Vallière qui fit son entrée à la Cour comme demoiselle d'honneur d'Henriette d'Angleterre, vécut l'amour du Roi comme une fête et finit à près de trente ans au carmel, parce que le Roi lui avait préféré Madame de Montespan.

Ce personnage de femme, éclairé par une passion que la Cour observait avec cruauté, fut sans doute l'un des plus beaux qui pût se donner en représentation au monde politique et littéraire de l'époque. Madame de Sévigné l'avait ainsi décrite à sa fille : « ... cette petite violette qui se cachait sous l'herbe, et qui était honteuse d'être maîtresse, d'être mère, d'être duchesse... cette pauvre personne a tiré jusqu'à la lie de tout et n'a pas voulu perdre un adieu ni une larme. »

Si Carla apaisait notre Président ce serait bien pour la France. Il a besoin, en effet, d'une présence, le soir, qui calme ses facultés de précipitation, d'emportement. On ne connaissait pas bien son impatience ! Nous ne l'avions pas mesurée tout de suite au moment de la campagne électorale mais maintenant, de proche en proche, ses colères créent autour de lui des petits cercles comme le font ces cailloux jetés dans les mares. Ce sont des cercles d'inquiétude. Seule une femme pourrait les transformer en vagues d'affection. Après tout, ce serait une bonne action pour la République... On nous a trop menti sur les femmes ! Dans toutes les religions. Tentatrices et séductrices, appelant à jouer avec le feu, avec le diable, incitant à consommer toutes les pommes du bien et du mal. Et si c'était l'inverse ? Si, par hasard, on nous avait raconté des bêtises ? La haine de la femme serait-elle une vieille histoire ? Si c'était l'homme qui à chaque fois déclare la guerre, met le feu au monde, envahit ses voisins, pourrit le climat et écrase les pauvres ? J'ai toujours pensé que dans ces domaines les femmes sont moins dangereuses, moins tournées vers le meurtre et la destruction. Chardonne : « Elles ont sur l'existence des informations qui nous échappent. »

Et puis, il n'y a aucune raison pour que ce soient toujours les princesses britanniques ou monégasques qui se marient et qui divorcent. Un peu de carrosse nous ferait du bien. Nous voulons des chevaux, des bonnets à poils, des couronnes de diamants, des séparations tumultueuses. Nous serions fiers. Et si jamais un Japonais disait du mal de nos brouilles conjugales, nous cesserions aussitôt les relations diplomatiques avec le Japon. Pour le Pape, c'est réglé, il est d'accord. Il fermera les yeux sur les divorces. Nicolas est allé le voir. Mais avec les Japonais, on ne sait jamais...

L'essentiel pour notre Première Dame ce sera de garder son sang-froid en toutes occasions. La France est un pays tumultueux, plein de petites révolutions cachées qui éclatent comme ça, on ne sait pas pourquoi, comme des bulles.

Nous lui dirons, à Carla, qu'avec les Italiens nous n'avons jamais eu de problèmes. Des mini-guerres ici ou là mais rien de grave. C'est pas comme avec les Anglais. Bien sûr, à Pavie, on nous avait kidnappé le Roi. Le nôtre ! Mais c'était en 1525 ! Il y avait les gens de Charles Quint, des Espagnols, des Milanais, des mercenaires suisses. Carla n'y était pas pour grand-chose... Il faut qu'elle sache que nous aimons l'Italie, son goût pour la mode et le spectacle, ses jolies femmes, sa permanente « commedia dell'arte », y compris en politique.

Alors vive Carla ! Qu'elle nous sorte un peu de ces paysages politico-masculins où l'on crie en permanence « Tous à Berlin ! » parce qu'on ne sait rien dire d'autre.

J'ai donc beaucoup d'espoir dans le rôle que va jouer la nouvelle dame de cœur, dans cette façon qu'elle a, comme une image inattendue, de sortir de la Renaissance.

Je ne suis pas sûr qu'elle sache VRAIMENT ce qui l'attend. Bon, elle n'aura plus à ses côtés la grande masse gentille de David Douillet, ni le bruissement des pièces jaunes, elle ne chantera pas « Prendre un enfant par la main » avec Madame Raffarin, n'ira que rarement en Corrèze, ce qui lui permettra d'éviter François Hollande, elle ne sera pas obligée d'embrasser le président Mugabe ou, pire encore, d'accompagner son époux en Corée du Nord. Enfin... j'espère...

Mais elle devra supporter les dépôts de gerbes, les demandes de logement, les plaintes pour des factures d'électricité, les courriers du conseil général du Loir-et-Cher, les chefs de gare qu'il faudra féliciter et surtout les enfants, ah les enfants ! Ils mettront un peu de salive sur ses joues pour *Gala* et *Paris-Match*. On n'y peut rien. Ce que je crains le plus pour elle ce sont les catastrophes : les hôpitaux, les blessés, les misères humaines et les inondations, si fréquentes dans le Pas-de-Calais...

*

On nous dit aujourd'hui que la stratégie médiatique du Président serait celle de la transgression. On pourrait le penser dans un premier temps. Il y a du bonheur à transgresser certaines coutumes, certains usages, et cela peut même être honorable. Mais en l'occurrence c'est exactement l'inverse qui se passe :

la soumission à l'air du temps, la volonté de coller aux désirs du moment, fussent-ils les plus futiles, les plus dépourvus de toute signification. Emmener Jean-Marie Bigard au Vatican ou lire ses SMS devant le Pape, ce n'est en rien une transgression. Plutôt un clin d'œil à des copains de bistrot. On n'a rien à dire, mais on est dans le coup... C'est une cavalcade en compagnie de la misère de notre temps : non pas le dérèglement « des » sens, mais le dérèglement de tout sens.

C'était le soir du sixième jour. Et Dieu vit que cela était bon.

C'est un gosse qui s'émerveille de la multitude de ses jouets. C'est dimanche. C'est Noël. C'est la fête. Il est assis au pied du sapin et il hésite un instant : quel est le cadeau qu'il faut ouvrir en premier ? Celui-là, tout près, avec un beau ruban ? Il s'en empare : un gros avion envoyé par Bush, on tourne la clef et il bombarde le salon. Un autre là-bas ? C'est une centrale nucléaire, un modèle réduit pour Chinois débutants. Et puis cette multitude de petits paquets qu'il découvre fébrilement : un grand Mickey en plastique, un journaliste à plat ventre, plusieurs Guaino en peluche et des bons d'achats dans un catalogue du MEDEF : croisière sur le Nil, abonnement à TF1, Star'Ac à l'Elysée, petits flacons pour tests ADN... Il n'en finit pas de découvrir sa joie. Où sont les photographes ? Il appuie sur la multitude des boutons, noirs, rouges, bleus, offerts par le grand frère Hortefeux. Fillon arrive croyant qu'on l'appelle. Trépignements, colères : dehors ! Remaniement vite fait. Le petit garçon est aux anges...

On était au matin du septième jour. Dieu vit que cela était bon et il décida de se reposer.

*

Mais il ne s'est pas reposé ! Et cela a continué le huitième, le neuvième, le dixième jour... Sans cesse. La création du monde n'était jamais terminée. Et le public en redemandait. C'est normal : quand on choisit de préférence le public du Crazy Horse, il ne faut pas s'étonner que la demande l'emporte sur l'offre. Dans ce domaine il y a de très beaux métiers : DJ, crooner, animateur télé, cracheur de feu, rappeur. Cela n'a rien de déshonorant. C'est même mieux que « Petit Père des Peuples ». C'est surtout moins dangereux...

Mademoiselle Cassandre n'a jamais pris de vacances

> « ... la plupart du temps on n'a eu qu'à se taire pour ne pas, comme Cassandre, passer pour fou quand on prédisait ce qui était déjà imminent. »
>
> GOETHE

Je dédie cet opuscule à Mademoiselle Cassandre, qui habite en dessous de chez moi, dans la cour intérieure de mon passé. Elle a eu des jumeaux mais je l'ai toujours considérée comme une demoiselle. Elle a parlé par prophéties et oracles, « celle qui embarrasse les hommes ». Certes la fille de Priam et d'Hécube est infaillible et moi je ne le suis pas. C'est une femme têtue dans ce qu'elle devine et je ne suis pas têtu. Pessimiste seulement. Elle a prédit la guerre de Troie et son fâcheux dénouement.

Elle a tenté de dissuader Agamemnon de retourner dans son foyer, sachant la mort qui l'attendait, elle est considérée comme porteuse de mauvaises nouvelles, voire qualifiée de menteuse et sa réputation en sera longtemps ternie, ce à quoi je ne tiens pas vraiment. Moi je n'ai rien prévu, rien deviné. Simplement j'aime bien Cassandre, la petite morte des siècles lointains, la voyante. Celle qui avait le pressentiment des catastrophes.

Et je crains que la belle histoire qui nous est racontée du haut de l'Elysée ne se termine mal. Parfois je ne peux empêcher un certain malaise de venir en moi. J'essaie de le chasser et il revient. Je prends un livre et ça revient de plus belle.

Je ne suis plus dans l'agitation politique, la fébrilité. Je vais sous le ciel de France, longeant les rivières de la vie. C'est un choix dont je ne tire aucun orgueil. Un peu de paix, c'est tout. J'ai même en tête le souvenir de quelques bonheurs électoraux et surtout celui d'un amour contrarié. Cet amour tient du désir. Nous souhaitons aimer le pays qui nous a faits, qui nous a tout donné. Mais nous ne parlons peut-être pas toujours de la même France. J'ai suivi du cœur et des yeux mon pays sous plusieurs Présidents, plusieurs épreuves. Ma génération a sans cesse parlé de la guerre. Je dis bien « parlé ». Mais elle ne l'a jamais faite.

Né au moment de Stalingrad, trop petit pour la Corée, adolescent pour l'Indochine, trop âgé pour l'Algérie puisque sursitaire, comme on disait à l'époque. Mais toujours la guerre.

C'est dire si j'ai considéré la croissance, Mai 68, les nationalisations, l'évolution de la Bourse, la cohabitation, comme des phénomènes secondaires. Il n'y avait pas, à proprement parler, mort d'hommes. Les opinions changeaient, le pays changeait mais il n'était pas envahi. Après 1945, il portait vers l'extérieur ce qu'il lui restait d'énergie, ses forces et ses espoirs. L'Algérie surtout était un « extérieur » particulier. Nous eûmes du mal à nous adapter en quelques années seulement aux différents mots qui la concernaient. D'abord c'était la France, et puis ce n'était plus la France. Avec une rapidité stupéfiante nous avions changé de parole et de territoire. D'innombrables blessures en étaient restées mais elles étaient le plus souvent secrètes, mal dites, à peine exprimées.

Cette France qui d'un seul coup revenait à son point de départ retrouvait au même moment une Europe qui changeait de nature. Tourmentée, elle aussi, par trop de guerres, l'Europe se construisait en dehors des nations et parfois contre elles. Nous nous souvenions que nous avions inventé le couple le plus célèbre de l'Histoire : celui qui mariait l'Etat et la Nation. Et puis le couple s'était disputé... En outre, nous voulions des repères et le PNB n'en était pas un. Nous voulions des événements et ils se dérobaient. Nous voulions servir la République et c'étaient les banquiers qui décidaient. Nous cherchions sans doute une raison d'être français qui ne fût pas uniquement économique.

Bien sûr il y avait la langue mais elle se défaisait lentement, se construisait ailleurs. Il y avait les livres, le théâtre, la musique, les musées mais – comment dire ? – ils ne nous apprenaient plus grand-chose sur la misère du monde. Tout avait déjà été raconté.

Il y avait encore l'empire du mensonge. De l'Allemagne coupée en deux jusqu'à la côte du Pacifique s'étendait « la patrie du socialisme ». Une escroquerie gigantesque. Dans ce siècle la plus grande tromperie jamais imaginée. Nous n'étions pas si nombreux à dénoncer ce viol du langage et des consciences. On entendait, du côté du boulevard Saint-Germain, cette phrase menaçante : « Un anticommuniste est un chien. » Quelque chose comme ça... Nous étions de mauvais chiens puisque nous n'avons pas fait la guerre.

Nous étions un peu libéraux comme on fait de la bicyclette le dimanche. Sans jamais avoir appris. Des libéraux de gauche et des libéraux de droite. Mais qu'y a-t-il de plus difficile à définir – et donc à défendre – que la liberté ?

Comme d'habitude, il y avait l'Allemagne à nos côtés, pesant lourdement sur nos rêves et nos souvenirs. On la voyait se reconstruire avec un courage fébrile qui parfois nous inquiétait.

« J'aime tellement l'Allemagne que je préfère qu'il y en ait deux. » C'était un « mot d'esprit » de François Mauriac, si je me souviens bien. Je n'ai jamais partagé ce sentiment désinvolte et blessant et je rappelle que la Chancelière allemande vient de l'Est, là où l'Europe a été longtemps confisquée. Quand on vient de « là-bas », on n'a pas vraiment le choix de la tendresse. Je regrette aujourd'hui que nous ayons si vite oublié ce que fut la réalité d'un grand peuple divisé par l'arbitraire, saignant sur ses barbelés, dominé par des miradors, occupé par des étrangers. Si nous avions connu en France une telle blessure allant de Lille à Perpignan, probablement aurions-nous été plus européens lorsque la question nous fut posée par référendum.

Quand j'étais petit on parlait des « boches » dans les familles. Envahis trois fois en un siècle nous pensions que l'Allemagne était porteuse d'une sorte de péché collectif, une fatalité qui la destinait à s'inviter chez ses voisins. Une façon pour elle de mépriser l'enseignement de la Bible : « Tu ne convoiteras pas la femme de ton voisin, ni son bœuf, ni son âne... » Nous avions sans doute oublié, nous Français, que nous avions fait de même au cours des siècles avec chacun de nos voisins, sans aucune exception...

Je vais même plus loin, au risque de choquer mes compatriotes : ayant toujours été bouleversé par le caractère inédit, monstrueux, de la Shoah, j'ai eu honte lorsque le Président français a déclaré que ce n'était pas « nous qui avions inventé la solution finale ». J'ai imaginé alors l'émotion que cette expression pouvait provoquer de l'autre côté du Rhin, dans un pays en mesure aujourd'hui de nous donner quelques leçons de démocratie. J'ai pensé alors que le chef de l'Etat avait commis une faute envers le peuple allemand.

Car nous aurions pu, sans difficulté, faire de même.

Il faudrait qu'il relise une certaine « expression » littéraire d'avant-guerre : Drieu La Rochelle, Maurras, Céline, Brasillach, Rebatet et même notre cher Georges Clemenceau, auteur d'un ouvrage largement ignoré, *Au pied du Sinaï...* Et tant d'autres encore. Ces « intellectuels » n'avaient pas besoin d'aller chercher en Allemagne des modèles. L'antisémitisme français, les ondes malfaisantes de l'affaire Dreyfus, portées jusqu'à nous, le délire fascisant et puis ensuite les collaborateurs du « Maréchal Pétoche », nous savions faire. Il se trouve simplement que nous avions gagné la guerre d'avant. 1918 fut notre dernière et belle victoire. Après, pour l'Europe, avait commencé une autre histoire. Celle de la prudence pour les uns, celle de l'arrogance et de la revanche pour les autres.

Sur cette période de la fin des années trente, je me souviens d'un livre que le chancelier Kohl m'avait remis à l'issue d'une longue discussion. Nous avions visité, à Bonn, cette petite ville de province, délicate comme l'était la vieille Allemagne, le bureau d'Adenauer. Kohl parlait de la personnalité de l'ancien Chancelier avec une ferveur qu'il ne cherchait pas à cacher. Le bureau ? Une table en bois et une absence presque totale de meubles. C'était une cellule de moine. J'ai évoqué naturellement la guerre et, selon les images d'archives dont j'avais gardé le souvenir, le soutien qui me paraissait enthousiaste du peuple allemand au nazisme. Je sentais bien qu'une faille, une déchirure dans la discussion s'était alors produite, à ce moment même, entre nous. Sans un mot le Chancelier est allé chercher un gros livre, *La conscience se révolte*, qui décrit les itinéraires des principaux résistants allemands. Je me suis arrêté sur les photos prises par la Gestapo lors des procès, lorsqu'il y eut procès. Ces visages d'avant l'exécution sont d'une exceptionnelle dignité. Ce furent les premières victimes du nazisme. Depuis cette date j'ai longuement réfléchi à ce que pouvait être, pour la jeunesse allemande, le poids de ce passé.

Aujourd'hui, même si j'ai parfois du mal, je m'efforce d'éviter cette injustice qui consiste à ne juger l'Allemagne qu'à travers ces douze années de terreur et de mort. Des années qui furent une honte pour l'ensemble de l'Europe puisqu'elles furent partagées par ceux qui imitaient ou admiraient le Führer, en Italie, en France, en Hongrie, en Roumanie. Contre cette honte-là, je ne vais pas faire la liste des écrivains, musiciens, philosophes allemands qui éclairèrent l'Europe.

Relisons simplement Madame de Staël et notamment le chapitre qu'elle a intitulé « Des mœurs et du caractère des Allemands ». C'est une série d'hommages. Puisse notre Président de la République, avant de prononcer des jugements sommaires, se mettre dans une telle attitude de l'esprit.

Puisse-t-il se souvenir qu'en 1994, dans un gouvernement que nous servions ensemble, nous avions pris la décision de faire défiler les soldats allemands de l'Eurocorps au son de la Neuvième Symphonie, sur les Champs-Elysées. L'évocation de Beethoven sur l'avenue même où les troupes hitlériennes nous avaient humiliés était la meilleure façon d'honorer, à travers le temps, la résistance française et la résistance allemande victorieuses jadis du même adversaire.

Puisse-t-il également penser au travail patient, constant, vigilant de tous ses prédécesseurs, comme à celui des Pères fondateurs de l'Europe, pour refuser cette bêtise récurrente qui nous empêche de nous respecter.

Avec eux je crois que le renouveau d'un nationalisme français ou allemand n'est pas simplement un risque. C'est une faute contre l'esprit.

Le moindre recul dans la relation entre nos deux pays fait trébucher une Europe qui a besoin, pour progresser, du génie allemand.

Il faut que notre Président aille passer quelques jours à Tübingen, aux bords du Neckar, dans la lecture d'Hölderlin. Il comprendra qu'il y a au moins autant de richesse pour l'esprit dans ce cœur de l'Europe qu'à Wolfeboro – qui doit se traduire, à mon avis, par le « village du loup » –, où l'amenèrent ses vacances américaines.

*

Arrivé a l'âge où la jeunesse nous quitte, j'ai compris que l'Histoire, elle aussi, cédait la place. Elle reculait, abandonnant ses territoires de culture et d'enseignement. Elle n'était plus de force à lutter contre ce nouveau Dieu qu'on appelait le Marché, une divinité pourtant connue depuis longtemps. Mais cette fois-ci, le nouveau Dieu était accompagné. C'était une longue et constante procession de machines, une armée pacifique et amicale que nous eûmes, dans un premier temps, beaucoup de plaisir à fréquenter. Les ordinateurs ! Notre doute, le merveilleux doute qui nous avait été enseigné et dont nous avions hérité (Montaigne, etc.) ne pouvait plus se frayer un passage à travers les écrans. Nous ne pouvions décrypter les mécanismes silencieux qui les animaient. Ils étaient le Progrès, l'Avenir, la Certitude, les compagnons privilégiés de nos solitudes. Mais ils nous renvoyaient à quelque chose d'impalpable qui nous dérangeait. Car un jour est venu où le meilleur joueur d'échecs au monde fut battu par un ordinateur. Cela devait arriver. Ce n'était pas perçu comme une catastrophe puisqu'en même temps nous allions sur la Lune. Il y avait encore de l'espoir mais il était aux mains des machines.

Cette arrivée massive dans nos vies d'auxiliaires fidèles et dévoués ne parvenait pas à nous faire oublier le désenchantement dans lequel nous vivions. Elle l'accompagnait simplement. Nous savions qu'autour des années quarante le pire avait été commis et que rien, plus rien ne pourrait l'effacer. Des millions d'êtres humains avaient été supprimés ainsi que des insectes. Cela s'était appelé la Shoah et avait mis dans nos vies comme une détresse insondable. Ce qui me surprenait c'est que plus « l'événement » s'éloignait plus il me faisait souffrir.

Bien sûr, nous savions rire, courir, nager, aimer les filles et les alcools, danser la nuit et dormir le jour. Mais il restait cette évidence : l'homme avait été placé au-dessous de l'animal, la mort avait été désignée comme un horizon collectif, une purification. Tout cela avait été écrit, prévu et accompli, tout cela pouvait recommencer. Le coup de « la der des der », on nous l'avait déjà fait. Le coup du « plus jamais ça », on nous l'avait déjà fait. Nous ne pouvions plus y croire et ce monde devenait branlant comme une vieille cabine de plage devant la tempête. Bonheurs dérobés, scepticisme, refus de tous les dogmes, de tous les mots d'ordre, insubordination générale, nous étions insolents parce que les Maîtres avaient menti.

Au fil du temps j'étais devenu plus protestant que catholique et sans doute plus juif que protestant. Il fallait sans cesse poser des questions, et les juifs savaient mieux le faire que les autres. J'ai lu le Talmud et Montaigne en même temps et j'ai habité une conception très mobile, confuse, de la vérité.

La jeunesse n'est pas toujours romantique mais pour moi elle l'était. André Malraux pour vivre et Jean Moulin pour mourir. C'était une forme de boussole. Si l'on y ajoute la lecture métaphysique de Kafka et plus désespérée encore de *Bouvard et Pécuchet*, on a fait le tour. Ma grande erreur fut de nature politique. Je commençais à penser que je n'avais pas toujours raison. Et pire encore : je comprenais les arguments de mes adversaires. J'aurais dû m'arrêter...

C'est sur cette terre meuble que sont venues grandir les paroles de Mai 68 : des fleurs fragiles, et délicates. Les défilés, le vagabondage innocent d'une jeunesse avide, les affiches rimbaldiennes, quelques barricades pour imiter les grands anciens, tout avait la couleur d'un jeu. Les rangées noires et luisantes des

CRS ne parvenaient pas à le rendre dangereux. Une sorte d'émeute pour rire, donnée en spectacle comme un modèle réduit de ce qu'avaient été les grandes révoltes humaines. Mais là c'était une blague ! Les petits-bourgeois, au lieu de s'engager dans les affaires, se baladaient dans les rues, inventaient des mots d'ordre dont la poésie faisait office d'efficacité. « Jeunes filles rouges toujours plus belles... Il est interdit d'interdire... Faites comme d'habitude... Sous les pavés la plage... Cours camarade le vieux monde est derrière toi..., etc. » Je préférais ceux de ces mots qui n'avaient aucune utilité sociale. Les ouvriers n'étaient pas dupes. Le Parti communiste non plus. Les socialistes, comme toujours, le cul entre deux chaises.

Je n'étais pas Paul Nizan. J'avais dépassé mes vingt ans. Je laisserai tout le monde dire que c'est le plus bel âge de la vie.

C'est à peu près à ce moment-là que Mademoiselle Cassandre est entrée dans mon existence. Je m'apercevais peu à peu qu'elle avait toujours raison : ça finissait mal, en général. Ça : la vie, le corps, la nation, le paysage, les paroles convenues, les certitudes... Je ne m'en offusquais pas : je voyais bien qu'il y avait une paix dans la nature qui venait de la vie et de la mort des plantes. Les arbres, pour moi, ont toujours été de bon conseil. C'est d'ailleurs pour cela que je me suis convenablement entendu avec Mitterrand : il aimait bien les arbres, et les livres qui en étaient issus...

Il faut maintenant que j'arrive au jour d'aujourd'hui, à cet interminable présent qui nous est imposé par le chef de l'Etat : une mouche bourdonnant autour du visage. Vous la chassez, elle insiste. Vous ne la chassez pas nécessairement par manque d'amour pour les mouches, par pure méchanceté. Vous la chassez parce que votre visage vous appartient, que ce n'est pas une propriété publique, c'est tout.

Donc Sarkozy bourdonne. D'abord avec bienveillance, puis gentiment, avec insistance, sans malice, il insiste. « Je suis là, nous dit-il, on ne m'a pas élu pour me taire, je vais vous bourdonner une rupture, la plus belle rupture du siècle. Je l'ai inventée pour vous. » Il tourne autour des oreilles, autour des yeux. « Avant moi, il y avait un vieux monsieur, assis sur son trône. Immobile. Avant lui, il y avait un autre vieux monsieur. Assis sur son trône. Immobile. Tout cela, je n'en veux plus, vous allez voir comme je sais bourdonner... »

Mais il arrive parfois que les mouches se cognent contre les vitres. Elles voient de la lumière. Elles foncent. Elles s'épuisent tout le jour à s'engager dans une direction qui leur est interdite. Ainsi en est-il, en ce bel été 2007, du « paquet fiscal ».

C'est exactement – en sens inverse – l'erreur que le nouveau pouvoir socialiste avait commise en 1981. Une bourde comme on en fait assez rarement en économie.

En 1981, au moment où la lumière avait chassé la nuit (n'oubliez jamais Jack Lang, il revient toujours !), on transforme de l'argent public en subventions, nationalisations, confiseries diverses... On connaît le résultat : contrôle des changes, déficit budgétaire, affaissement spectaculaire de l'économie française.

En 2007, lors de la fameuse rupture, on fait les gros câlins que l'on sait, imprudemment promis pendant la campagne. Comme si la danse du ventre donnait aux spectateurs le droit de partir avec la danseuse... Augmentation de la dette, des déficits, blocage complet du budget de l'Etat, quinze milliards d'euros évaporés en un tournemain ! Déclaration de faillite un peu après par le Premier ministre. Y a-t-il une grande différence entre ces deux périodes ? Pas vraiment. Dans les deux cas le budget de l'Etat est à la disposition des caprices du moment. Il n'est pas le bien commun des Français, il est la cassette du Président. Ce n'est plus « l'Allemagne paiera ». C'est la dette qui paiera. On se mouche avec le Parlement et la France prend la grippe.

Mais dans les deux cas, en 81 comme en 2007, viendra la rebuffade et avec elle une surprise inattendue : c'est l'économie qui se rebelle. Elle apportera aux deux chefs d'Etat une vertu dont ils ignoraient jusqu'à l'existence : la modestie.

De nouveau Montaigne : « Tous les abus du monde s'engendrent de ce qu'on nous apprend à craindre de faire profession de notre ignorance. »

Je fais donc volontiers profession de mon ignorance. On peut se contraindre à de longues études, traverser le monde, parler aux puissants, monter sur des estrades, s'accrocher comme Charlie Chaplin dans les engrenages du pouvoir et s'apercevoir un beau matin qu'on ne sait pas grand-chose. Sur la vie, Mademoiselle Cassandre en savait plus que moi. On la présente comme la plus belle des filles de Priam. Et j'ai la tentation de l'imaginer ainsi. Lorsqu'on porte avec soi de mauvaises nouvelles il vaut mieux détenir cette part de beauté qui les rend évidentes.

En écrivant cela, juste à l'instant, j'apprends l'assassinat de Benazir Bhutto. Je la revois, là-bas, à Karachi. Il faisait beau. Elle m'avait reçu dans un palais où fleurissaient des jasmins, des roses, des bougainvillées. Nous étions dans le jardin avec ses conseillers. Un vent frais, printanier, soulevait parfois son voile de mousseline blanc. Elle tardait alors à le replacer comme si l'élégance et la sensualité de son visage n'avaient pas vraiment l'usage de cette protection. Je ne pensais pas à son pouvoir sinon à celui de son regard, ironique, inquiet, pourtant chargé d'autorité : une femme de grande beauté, la première à gouverner un pays musulman.

Ce jour-là, il me semblait que la légèreté de l'air et l'espérance d'un peuple avaient le pouvoir de chasser jusqu'au souvenir de la mort.

Maintenant les images défilent à la télévision : corps mutilés, hurlements des blessés et des sirènes, la peur des hommes devant l'enfer qui s'empare, ici et là, de la planète. Et cette femme dans ma mémoire, au milieu des fleurs, accompagnée par le frémissement de l'eau coulant de bassins étagés... Et la présence, toujours vivante, d'une civilisation islamique qui sait chanter la douceur et la beauté du monde... Je vais d'une image à l'autre et je ne sais qu'une seule chose : il y a vingt-sept siècles que Mademoiselle Cassandre n'a pas pris de vacances.

*

« Il n'est rien de plus naturel à l'homme que de tuer », disait Simone Weil, la philosophe. Lorsqu'il est commis au nom de Dieu, cet acte « naturel » prend une étrange dimension. C'est la raison qui me pousse à attacher une grande importance à ce que notre pays a inventé sous le nom de laïcité. Il y a peut-être quelque prétention à affirmer que nous aurions découvert tout seuls ce terme et cette réalité. (Rendons à César... déjà deux millénaires.) Mais il peut y avoir une fierté française devant ce que j'ai envie d'appeler une victoire sur nous-mêmes. La fille aînée de l'Eglise, selon l'expression consacrée, spécialiste en pogroms divers à l'encontre de toutes sortes d'« infidèles », avait construit un corpus doctrinal, un mot, des lois, une pratique dont la modernité continue à nous étonner.

Lorsqu'on mesure, partout dans le monde, y compris aux Etats-Unis, la façon dont Dieu s'impose dans les compétitions politiques, dans l'expression des Assemblées, dans les musées et les salles de classe, sur les billets de banque eux-mêmes, on ne peut que s'inquiéter. Dieu n'est pas « avec nous ». Ce n'est pas ce qui figure sur le fronton de nos mairies. Ce n'est pas le contrat que nous avons passé avec nos concitoyens...

Nous avons de l'expérience en Europe : dès

que Dieu devient une res publica, il s'invite à nos massacres. Je ne refuse pas à notre Chanoine-Président le droit de s'exprimer en privé sur ce sujet. Je crains simplement que sa plume dans la préparation d'un discours public ne se soit, à Rome ou à Ryad, une nouvelle fois égarée. La mémoire n'étant pas toujours au rendez-vous, il faut rappeler ce qui a été dit dans la basilique Saint-Jean de Latran par le Président d'une République laïque : « Dans la transmission des valeurs et dans l'apprentissage de la différence entre le bien et le mal, l'instituteur ne pourra jamais remplacer le pasteur ou le curé... » *(sic)*. En relisant ces mots je pense à la longue lignée des instituteurs de France, aux pages du *Grand Meaulnes*, à toute cette histoire de hussards noirs et de craie blanche, de tabliers et de dictées, sur laquelle, avec tant de peine, la République s'est établie. Comme à d'autres enfants ou adolescents, les enseignants de l'école publique m'ont appris à penser par moi-même, à recevoir en héritage le monde grec, la philosophie des Lumières, les frasques de Casanova, la Révolution de 1848, le mythe de Sisyphe, tout cela mêlé à toutes sortes de livres abondamment condamnés. Entre le bien et le mal, c'était à moi de faire le tri. Et eux n'avaient pas à « remplacer » le pasteur ou le curé. Chacun faisait son boulot d'espérance et de jugement.

« Les racines essentiellement chrétiennes » de la France, « l'intérêt » de la République à compter beaucoup de croyants, il peut le dire, notre Président, comme citoyen tant qu'il veut. C'est même la grande force de la laïcité que de le lui permettre. Cette distinction entre sa liberté personnelle et les contraintes du domaine public, dont il a la charge, est une formidable invention du siècle passé. C'est donc un joli paradoxe qu'au moment même où le chef de l'Etat franchit cette frontière, c'est le principe de laïcité qui le rappelle à la dignité de sa fonction.

Car il « représente » comme on dit. Si un Président de la République affirmait qu'il était dans l'intérêt de la République de compter beaucoup d'athées, il susciterait le même – exactement le même – malaise.

Il se trouve que nous avons vécu cette autre version, qui déshonora la Révolution française. On connaît sa conclusion qui a porté le joli nom de Terreur.

Avec l'Eglise, nous avons connu aussi d'autres terreurs, celle de l'Inquisition, des dragonnades, des massacres de protestants, de cathares ou de musulmans. Faut-il rappeler que notre passé est lourd du sang de ces martyrs qui refusaient ce que l'on appelait alors « la vraie foi ». Dans le cadre d'une lecture attentive d'Albert Camus, je suggère aux enseignants de proposer à leurs élèves une réflexion critique et argumentée du discours de Rome. Le thème, écrit au tableau noir, comme l'étaient jadis les maximes morales, serait formulé d'une façon affirmative : « Chaque homme est l'inventeur de sa propre espérance. » Commentez...

Hors de Sarkozy point de salut nous disent les nouveaux dévots du parti majoritaire. Je crois au contraire que lorsqu'on s'engage dans cette image déformée d'une République partiale qui semble oublier qu'elle est issue des Lumières, on offre aux intégrismes un véritable boulevard. Un salut qu'ils n'attendaient plus. Et je pense à Albert Cohen : « Dieu m'aime tellement peu que j'ai honte pour lui... »

*

Puis il y eut dans la geste présidentielle un moment pénible, une tache qui ne semble pas près de s'effacer. Ce fut d'abord le nom d'un ministère. Avec le pouvoir, quel qu'il soit, le nom est toujours un instrument. Souvenez-vous des « démocraties populaires » qui n'étaient pas des démocraties et qui étaient profondément impopulaires.

Donc, un ministère arrive. C'est banal, à chaque rupture on trouve des noms charmants : Qualité de la vie, Travail manuel, etc. J'attends avec impatience un secrétaire d'Etat à la Morale...

En tout cas, ce ministère dont je parle s'est appelé : de l'Immigration, de l'Intégration et de l'Identité nationale... Voudrait-on dire aux Français, à travers ce titre, non pas ce qu'ils sont mais ce qu'ils devraient être ? Aurait-on oublié que ce sont les peuples eux-mêmes qui forgent leur identité à partir des diverses migrations qu'ils ont eu à connaître ? Faut-il substituer à l'enseignement de l'histoire (dont, je le rappelle, un ministère a déjà la charge) un concept identitaire livré à la peur comme une sorte d'otage ? Concept sans doute le plus flou qui soit, le plus chargé de fantasmes, de réécritures et d'impasses diverses. Aller dans ce sens c'est ouvrir la voie à toutes les « puretés nationales » dont on sait le mal qu'elles ont pu faire au siècle dernier.

La vraie lecture de Renan *(Qu'est-ce qu'une nation ?)* c'est une question posée à toutes les nations.

Lorsque nous aurons à nous pencher, à l'avenir, sur cette dénomination flamboyante, y aura-t-il un seul Français, un seul historien, un seul écrivain, voire un seul ministre capable de dire exactement ce que cela signifie ? J'observe qu'aujourd'hui personne ne s'y est aventuré. Est-ce que j'ai une tête d'Identité ? nous demanderait Arletty...

La liaison qui est faite, au sommet de l'Etat, entre l'identité nationale et ce qu'à travers le mot immigration, il faut bien appeler l'étranger, cette liaison-là, cette correspondance, cette distance ou ce rapprochement, je souhaiterais qu'on l'évalue à l'aune de notre passé, de nos racines plurielles, de tout ce que le monde extérieur nous a apporté.

Est-ce que la littérature algérienne de langue française, l'attachement des réfugiés espagnols, polonais, italiens à la République et à la Résistance, est-ce que les juifs étrangers, par le sacrifice honteux qui en fut fait sous l'Occupation, est-ce que les travailleurs kabyles de chez Renault, est-ce que les Africains noirs, d'où qu'ils viennent, est-ce que ce mélange, cette houle de la différence ne nous a pas enrichis ? Est-ce que par hasard il ne s'agirait pas d'exprimer une reconnaissance, et peut-être de reconnaître une renaissance, là où on ne l'attendait pas ?

Que les étrangers ne soient pas « attendus » en France, Monsieur Le Pen l'avait déjà dit. Ce n'était pas hélas une grande nouvelle. Etait-ce une raison pour faire de cette « réalité », soigneusement entretenue, une sorte de vulgate transmise à l'opinion comme une instruction du ministère de l'Intérieur ?

Car il en pleuvait des instructions... Ces préfets convoqués, toutes affaires cessantes, parce que le chiffre d'affaires n'avait pas été atteint, ces policiers, ces gendarmes arrivant à l'aube, arrêtant parfois des enfants, séparant des couples, ces avions au fond desquels, derrière des touristes qui baissent les yeux, on entend des hurlements... en sommes-nous si fiers ? N'y a-t-il pas au cœur de la République un étrange malaise qui fait que nous préférerions que ce soient d'autres qui se livrent à cette dérive, plus loin, ailleurs, bien loin d'ici, autrement, quelque part entre la Chine et l'Iran, mais pas nous, pas la France ?

Heureusement il reste encore des parlementaires qui n'aiment pas trop recevoir des instructions. Au Sénat, notamment, ils ont étouffé le petit animal monstrueux qu'était le projet imposant des tests ADN aux étrangers, dans le cadre du regroupement familial. Le texte repose désormais, inerte, un peu ridicule, un peu honteux, dans la fosse commune des lois qui n'auraient jamais dû voir le jour. L'Histoire retiendra que cette tentation eut lieu et qu'elle avait subordonné le regroupement familial à une analyse sanguine utilisée jusqu'alors pour les enquêtes criminelles ou pour les soins apportés aux malades. Et uniquement dans ces deux domaines. On ne pouvait pas dire plus allusivement qu'un étranger avait de fortes chances d'entrer dans l'une ou l'autre de ces deux catégories : soit pénalement soit physiquement menaçante.

On peut ajouter à cela que l'adoption ou la présence d'une famille – fût-elle recomposée – sont à l'évidence des facteurs d'intégration dont ce même ministère porte aussi le nom...

Trois lois sur l'immigration, empilées l'une sur l'autre. Trois cents enfants, dont des nouveau-nés, enfermés dans des centres de rétention ou séparés de leurs parents en 2007... Est-ce le prix à payer pour une majorité qui frissonne dès que la couleur de la peau ou la sonorité du nom n'est plus tout à fait ce qu'elle attend ?

Si l'on rassemble peu à peu, comme les morceaux d'un puzzle, toutes les mesures qui sont prises dans cet esprit, sur ce sujet, avec un constant acharnement, que reste-t-il quand le puzzle est terminé ? Quelle est l'image qui apparaît ? C'est celle de la xénophobie.

Un mot grec que Mademoiselle Cassandre,

troyenne d'origine, avait très tôt appris à prononcer...

*

Elle en verra d'autres, hélas! Et notre langage est tellement usé que nous commençons à parler comme des personnages de films publicitaires. « Vous n'imaginez pas, cher ami, ce que Citroën peut faire pour vous. Ah! mais moi, Madame, je fais vivre mon argent, et j'ai suivi le programme Brain Tonic, vous savez : le sauveteur de neurones. J'ai une enceinte qui donne de la voix et avec Orange je suis en train de déchiffrer le monde. Moi, j'ai choisi le libre métissage d'étoffes soyeuses, un foisonnement qui évoque les cultures du monde. Je dois être une Afghane libérée des règles ancestrales. » Etc. Etc. Nous entrons, chaque jour un peu plus, dans un film de Godard.

Et le Président nous y aide. C'est l'explorateur d'une langue nouvelle. J'avoue pour ma part en avoir apprécié la souplesse. Elle peut s'adapter à toutes les situations et traiter de la mise en valeur de son épouse : « Vous avez aimé Jackie Kennedy, vous allez adorer Cécilia. » De la laïcité : « Un monde qui doit se créer de lui-même sa justice est un monde sans espérance... » Ou alors de l'Afrique : « cette foi mystérieuse qui vous rattache à la terre africaine... » Ou encore : « Cet homme noir a le visage de tous les hommes... » On pourrait ajouter : comme l'homme blanc d'ailleurs... Tout cela est tellement stupide que l'on se demande si ce n'est pas la traduction d'une méprise dans le choix inconsidéré de celui qui pense, écrit, parle à la place du Président quand ce dernier n'a plus le temps d'exercer par lui-même ces trois fonctions de l'intelligence.

Ainsi de lieux communs en banalités, d'affirmations péremptoires (pour les Corses « la main tendue ou le poing fermé », c'est-à-dire la subvention ou la répression...) en contrats de confiance type Darty, on se glisse peu à peu dans le corpus même du monde présidentiel : le couple du spectacle et de l'argent. Il engloutit à l'évidence, dans son enlacement frénétique, tout ce qui pourrait s'apparenter à une culture personnelle, un doute, une sorte de prudence dans la lecture éphémère du temps.

Au fil des mois et des semaines, la distance entre Séguéla et Sarkozy était devenue si ténue qu'on pouvait se demander lequel était le maître de l'autre.

Dès lors la question que je me posais n'était plus celle du mépris – car enfin, il s'agissait bien, vis-à-vis des Français, de cela – c'était celle de la réussite du mépris. Dans *La Société du spectacle*, Guy Debord nous avait déjà guidés dans cette découverte : « Chaque nouveau mensonge de la publicité est ainsi l'aveu de son mensonge précédent. »

*

Il y eut une bonne idée en 2007. Mais elle sombra rapidement dans la confusion. C'était « l'Union de la Méditerranée ». La foule des communicants rêvait d'une belle photo : Nicolas en gondole, sous le ciel de Venise, écoutant Scarlatti, entouré d'ambassadeurs byzantins, maures, égyptiens et grecs, une petite flotte le long de la Giudecca en route vers la couverture de *Match*...

Annoncée dès le sacre de la Concorde, la perspective de cette Union avait quelque chose de magique qui rappelait l'Union européenne cinquante ans plus tôt. Autour d'une mer tellement chargée de civilisations qu'elle en devenait orageuse, il fallait mettre de la bonne volonté. La proposer sur les rivages rocheux des guerres et des religions. On devinait que cette partie du monde n'avait pas trouvé, n'avait d'ailleurs jamais trouvé, même sous une forme impériale, un vêtement à sa taille. Trop de cultures, de conquêtes, de mémoires s'y entrechoquaient, et plus d'une y avait sombré.

Dès le début, moi le rastaquouère, mêlé de sang corse et provençal, avec sans doute quelque chose d'arabe, ami des juifs et de la musique andalouse, soignant mon grec ancien, je me suis senti concerné. J'étais fait pour ça. J'avais comme avantage de n'avoir jamais été battu, d'avoir abandonné volontairement tous mes mandats, d'être un lecteur assidu des deux Albert : Cohen et Camus, et d'avoir sur les honneurs publics un regard généralement désinvolte.

Mais ce n'est pas moi, c'est Michel Rocard qui, dans sa sagesse, mit le doigt sur la faute qui allait être commise. Alerté par sa conviction européenne, attentif aux réserves allemandes, soucieux de ne pas déchirer un peu plus (le Sud contre le Nord) le long tissage de la construction communautaire, il refusa la fonction qui lui était proposée. C'était un bel exemple de dignité qu'il opposa, sans en tirer orgueil ni profit, à ses petits camarades de l'ouverture. Peu à peu, au fil des ans, Rocard ressemblait à Mendès. Il en avait l'intégrité intellectuelle, le goût de la chose publique, la retenue, la lucidité. Son engagement européen ne connaissait pas le relâchement, si prompt à s'emparer des esprits français.

Il avait parfaitement compris que l'on prenait de grands risques à considérer la Méditerranée comme l'affaire de ses seuls riverains. On aurait pu alors voir l'Europe se couper en deux à la manière de la Belgique. A l'évidence, l'orientation vers le Sud devait être prise en charge par l'Union européenne tout entière. Angela Merkel, un peu brutalement, l'avait exprimé : si c'est l'affaire des Français, je ne paierai pas... Soutenu par la plupart des pays européens dans cette attitude, Michel Rocard soulignait l'impasse dans laquelle s'engageait le pouvoir français. Non content de me donner un argument involontaire pour rentrer chez moi, il ramenait l'emphase présidentielle à sa juste dimension : un petit coup de chapeau à ce que l'on appelait depuis longtemps « le processus de Barcelone ». Un « machin » comme aurait dit le général de Gaulle. J'étais soulagé. Madame Merkel aussi...

*

Il restait, pesant cruellement sur les promesses de la campagne électorale, trois grandes ombres dans le ciel. Des nuages qu'aucune incantation ne parvenait à dissiper.

Comme d'autres, j'avais indiqué, avant l'élection, dans un silence poli et une audience limitée, que l'on devrait choisir entre deux nécessités, l'une et l'autre impérieuses : la baisse des impôts ou la baisse de la dette. Il était évident, pour n'importe quel observateur, qu'on ne pourrait faire les deux en même temps. Etant favorable depuis longtemps à la baisse de la dette, je pensais, la politique consistant à faire des choix, qu'il faudrait bien en faire un sur ce sujet essentiel. Depuis l'élection de 2007, aucun choix n'ayant été fait, je prévois pour les jeunes étudiants de l'an 2022 un sujet d'exercice économique, un travail de première année, du genre « Comment faire de la mauvaise économie après une bonne élection ? ».

Donc, la première ombre portée sur le pouvoir à venir, c'était celle de la dette. Dès les premiers mois de la nouvelle gestion on rendit volontairement impossible sa réduction.

On fit mieux. Devant une Cour des comptes naturellement impassible et naturellement interloquée, on justifia cette politique sur le thème étrange : les réformes d'abord, les déficits après. En oubliant ainsi qu'en congelant les déficits aux niveaux sibériens qu'ils avaient atteints on ne pouvait faire aucune réforme de long terme...

La deuxième ombre était une vieille maîtresse de la société française : le déficit de la Sécu... Malgré l'appel quotidien à la rupture, l'homme qui voulait l'incarner fut bien obligé de faire comme tout le monde. Il trouva pour enrayer l'hémorragie toutes les rustines, les onguents, les palliatifs, les calmants utilisés par ses prédécesseurs.

Ah ! Qu'il est dur de se succéder à soi-même ! Une belle alternance c'est tellement gratifiant ! Ceux d'avant sont toujours mauvais. Des cancres ! Ceux d'après ont des habits virginaux. Ils exercent avec fureur le droit d'inventaire... Pour eux, l'héritage est une histoire divine... Par contre se reproduire après une élection, tel qu'en soi-même enfin l'éternité vous change, c'est une olympiade de la politique... Reconnaissons que cela fut, électoralement parlant, une réussite.

La troisième ombre fut aussi inquiétante que les deux autres : un déficit du commerce extérieur d'autant plus grave que l'on ne pouvait – sans faire rire – le mettre sur le dos de l'euro. En effet, avec la même monnaie, les Allemands avaient un excédent colossal. Ça rendait la mauvaise foi ostentatoire.

Mais, il faut admettre que ces trois méchantes fées qui se sont penchées sur le berceau de Nicolas eurent beaucoup de mal pour en extraire un soupir de lucidité...

Un déficit, c'est son vrai défaut, n'est jamais séduisant.

*

Je comprenais peu à peu, au fil de mes inquiétudes, que Cassandre était amoureuse de moi. Elle avait trouvé quelqu'un qui partageait ses soucis, ses prévisions funestes. Elle vint me voir un soir où je rêvais. Elle parlait doucement :

« Je ne sais pas vraiment comment est fait l'être humain. Mais sa capacité d'oubli, son aptitude à ne pas trop souffrir du malheur des autres, sa résistance aux mauvaises nouvelles, c'est quelque chose de phénoménal.

Tenez : la planète se réchauffe. C'est devenu un lieu commun. Des espèces animales disparaissent par centaines. Les glaciers fondent à vue d'œil. Cela vous agite faiblement. On songe à cet homme qui, sous un bombardement féroce, s'en voulait d'avoir perdu son parapluie.

Je pense à la terre comme à une vieille amie. Nous avons eu, avec elle, des conversations étonnantes. Cela a duré plusieurs millénaires. A l'abri de très vieilles grottes il en reste quelques traces. Et des tableaux splendides dans tous les musées du monde. Des musiques aussi, des poèmes, des déclarations d'amour... De temps en temps, elle nous fait un petit tremblement, un tsunami nerveux. Mais elle est bonne fille... Avec tout ce que vous mettez comme venin dans son corps, dans l'air qu'elle respire, dans l'eau qui coule sur sa peau...

Avec elle, vous pourriez continuer à parler, à vous aimer. Je vous le conseille. Elle a une odeur après la pluie, elle se caresse au soleil, fait des arbres et des déserts de toutes les couleurs. Alors, pourquoi cette férocité des hommes ? »

Cassandre poursuivait : « A chaque fois que vous avez inventé ou découvert quelque chose : la poudre, le laser, la roue, l'acier, la structure de l'atome, etc., c'est devenu entre vos mains une arme de mort. Expliquez-moi pourquoi...

Et ces temps-ci, qu'avez-vous encore imaginé ? Je vais vous le dire : vous avez réinventé une très vieille histoire, celle de l'homme qui transporte sa propre mort avec lui pour l'infliger aux autres.

Dans le métro de Londres, dans les ruelles de Kaboul, les gares de Madrid, les carrefours de Bagdad, dans les avions, à Alger, ou à Casablanca, vous avez inventé la bombe humaine.

Vous vous souvenez sans doute de la gigantesque bataille qui a opposé les forces soviétiques aux armées nazies. J'étais déjà là. Et que craignaient véritablement les Allemands ? Des chiens ! Des chiens, porteurs d'explosifs, dressés par les Russes à chercher leur nourriture sous les chars. Une petite antenne actionnait l'explosion lorsque le chien se faufilait sous le blindé.

Avez-vous vraiment progressé si maintenant ce sont des hommes qui emportent avec eux leur charge de mort ? »

*

Ce soir-là, j'ai médité les propos de Cassandre et j'ai compris (contrairement à tout ce qui a été dit sur elle) qu'elle aimait ces enfants perdus qu'étaient les humains. Je lui ai dit : « Je vais écrire une pièce en ton honneur. » C'était juste pour la faire sourire un peu. Elle qui avait tant pleuré. Je lui ai fait don du texte suivant qui n'a été joué au théâtre municipal de Gorgeville-lès-Gonnesses qu'une seule fois. Ce théâtre figure dans le Livre des records car il est – au mètre près – à égale distance du Tarn et de la Moselle.

La pièce dut être interrompue sous les huées du public. Comme les applaudissements préenregistrés, empruntés à TF1, ne fonctionnaient pas, il y eut une grande confusion.

Les gendarmes de la brigade locale n'ont pu récupérer que ce morceau de texte, une partie de l'acte II, scène 2, qui apparaîtra, pour les générations futures, comme marqué du sceau du génie.

Je promets aux lecteurs de leur donner prochainement l'intégralité de la pièce.

*

La scène se passe en 2015, trois ans après la réélection de Nicolas Sarkozy à la tête de l'Etat. Nous sommes dans le château de Vincennes, près d'un temple grec offert par la Corée du Nord à la République française. Le Président vient régulièrement y consulter les oracles.

N. Sarkozy (faisant les cent pas devant le temple) : – Elle se moque de moi. Elle est toujours en retard ! J'ai besoin de savoir si je change encore de Premier ministre. Et puis tous ces préfets incapables qui n'obéissent même plus ! Ces journalistes qui se croient tout permis ! J'en ai marre, j'en ai marre. Je vais partir à Las Vegas. Ça fera de belles images.

Arrive Cassandre, essoufflée (elle a entendu Nicolas) : – Moi aussi j'en ai marre. Prédire toujours des choses qui vont arriver et qui ne sont que des catastrophes c'est épuisant.

N.S. : – Je t'ai attendue. Mais n'en parlons plus. Je me souviens que jadis c'est moi qui faisais attendre le Pape! Comme j'ai vieilli! *(puis, sur un ton badin)* Je vais te dire, ma petite Cass, l'essentiel du travail politique c'est de présenter l'espérance comme justifiée et la réussite comme évidente. Tu te souviens : « ensemble tout devient possible »...

Cassandre : – J'avais déjà prévu que cette histoire de cheval dans les murs de Troie, c'était dangereux pour nous. C'est ce qui est arrivé pour toi avec les ministres d'ouverture. Un par un ils sont partis! Même Jean-Marie Bigard qui est resté trois mois au ministère du Bouddhisme! Et puis les vieux de la vieille. Regarde : Kouchner fait de l'immobilier et J. Lang que tu avais mis à la Justice a obtenu une chaire de science politique au Québec comme n'importe quel Juppé. Je crois que ça s'appelle « Socialisme et Consommation ».

N.S. : – Lorsque j'aurai épousé Madame Royal, tout rentrera dans l'ordre.

Cassandre : – C'est bizarre, depuis qu'il n'y a plus d'étrangers en France, les Français ne se sentent plus chez eux. Ils sont tous partis au Canada. Je l'avais prévu...

N.S. (agressif) : – Tu sais, je n'aime pas tes prophéties. Je suis comme Apollon qui te crachait dans la bouche parce que tu avais refusé ses avances... C'est un comble pour une prêtresse d'Apollon!

Cassandre : – Tu finiras mal, Nicolas ! Les rois ne savent jamais limiter leur pouvoir. Je l'avais déjà dit à Agamemnon et il n'avait pas voulu me croire. Il avait insulté le devin Calchas, et avait fait preuve d'un tel orgueil envers Achille que ce dernier l'avait traité de « roi dévoreur de son peuple ».

N.S. (l'interrompant) : – Ça suffit ! D'abord il n'y a pas d'Achille à la Cour. Il faut du courage pour être Achille. Et puis, c'est mon peuple qui m'a dévoré. *(Et, d'une voix lasse :)* Je suis fatigué Cassandre. Le peuple, il faut lui trouver quelque chose de neuf tous les jours. J'ai tout essayé : des mariages, des divorces, des escapades, des amours brillantes, des coups d'éclat, des feux d'artifice. Même le Sarko-day, chaque 28 janvier, ne marche plus. C'était pourtant une bonne idée : un chocolat géant, pour mon anniversaire, sur le Champ-de-Mars ! C'était pour les enfants !

Les Français ont cessé de me croire. Je suis vraiment fatigué, Cassandre.

Cassandre : – C'est parce que tu gouvernes à l'ancienne, comme un souverain du temps jadis ! Contrairement à tout ce que le monde raconte, il n'y a rien de nouveau à la Cour. Ce sont toujours les mêmes courtisans, la même servilité, les mêmes intrigues. Le peuple, lui, il voit ça de loin mais il comprend tout... Deviens le Président Coty et ils t'aimeront. Tu es trop riche, Nicolas, trop puissant !

N.S. : – Explique-moi alors, chère Cassandre, comment j'ai pu être réélu en 2012...

Cassandre : – Parce que les autres étaient mauvais ! Et tu avais dit de nouveau que tu avais changé. Que la modestie était chez toi une vertu cachée. Mais une vertu bien présente, comme une petite lumière qu'on aurait étouffée. Et puis tu as eu huit Premiers ministres différents, je ne me souviens plus exactement... Même Bouygues a été Premier ministre, il me semble... Et tu étais toujours là, en plein soleil, décidant de tout ! Et souviens-toi, tu es passé de justesse... Les sondages s'étaient effondrés après ta visite au Mali. Tu faisais du hip-hop sur le Niger. Il a fallu te repêcher... Et puis, je te signale que Louis XIV a duré plus longtemps que toi...

N.S. (il l'interrompt) : – C'était un imposteur, une fausse gloire ! Si j'ai changé mes Premiers ministres c'est parce qu'ils étaient mauvais, tous mauvais. Ce n'est pas très facile, en France, de trouver du petit personnel... Et puis, peut-être, je n'ai pas expulsé assez d'étrangers... *(Se relevant brusquement.)* Tu as vu cette campagne extraordinaire, en 2012 : Poutine et Kadhafi à la même tribune, m'apportant leur soutien ! C'est ça qui m'a fait gagner. Les Français, il faut toujours les étonner...

Cassandre : – Oui, mais cela fait déjà trois ans, cette élection... C'est vieux ! Si tu veux de nouveau avoir des vents favorables, il faut sacrifier ce que tu as de plus cher. Il n'y a pas d'Iphigénie auprès de toi depuis le départ de Carla, mais trop de voitures luxueuses, trop de yachts, et pour tout dire : trop d'argent. Sois discret, sois pauvre, Nicolas, ce sera un événement... Parce que moi qui lis l'avenir, je te prédis cette chose terrible · le retour de la lutte des classes ! Tu n'y crois pas, tu n'y as jamais cru... Le monde « people » qui te plaît tant, c'est destiné aux candidats à leur propre exploitation, c'est le contraire de la lutte des classes. Tu penses qu'être « people » c'est comme la barbe à papa pour les enfants, ça les empêche de pleurnicher... Tu rentreras dans l'Histoire comme l'homme qui a réintroduit la lutte des classes en France !

N.S. : – Non, parce qu'avec Ségolène c'est du sérieux ! Tu entends ça, ma petite Cass : elle a lu Marx ! C'est incroyable ! Et puis le soir on fait du jogging ensemble. Ce sera le couple le plus performant de la vie politique française... J'ai fait reproduire pour *Gala* le diamant que je lui ai offert. Nous avons inscrit sur l'anneau « Union pour la France ».

Cassandre (moqueuse) : – Pfuitt ! Regarde Bayrou. Il ne se marie pas tous les quinze jours et il est passé devant le Parti socialiste aux dernières élections.

N.S. : – Ah ! Je t'en prie. Cesse de me parler de ce type. Il est insupportable ! D'abord je n'aime pas les Béarnais... Est-ce que seulement ce sont de bons Français ?

Cassandre : – Le bon Français, comme tu dis, ça n'existe plus. Le bon Français c'est celui qui fait le maximum à l'audimat. Et ça change tout le temps ! Tu es resté, dans ta tête, sur l'idée que la France c'était Neuilly en plus grand. Un grand tableau qui peu à peu prendrait Neuilly pour modèle. Et tu serais le peintre de ce grand tableau...

N.S. : – Mais dis donc, tu te fous de moi ! A Neuilly les jeunes, ils ne brûlent pas les voitures ! Regarde ce qui se passe tous les soirs en Seine-Saint-Denis.

Cassandre : – C'est normal, là-bas, ils n'en ont pas...

N.S. : – C'est pas une raison.

Cassandre : A Neuilly, ils ont aussi des parents, des études, des logements...

N.S. : – Ecoute, Cass, ne viens pas me gonfler avec Neuilly. Et puis, tu peux t'en aller. Je me demande d'ailleurs pourquoi je t'ai fait venir !

Cassandre : – Tu voulais faire un nouveau parti avec Ségolène...

N.S. : – Ah, c'est vrai. Un parti avec des courants : la grande ouverture, la petite ouverture, la moyenne, la minuscule... On peut y mettre tout le monde... Même les communistes... Comme de Gaulle. D'ailleurs, quand j'entends Michèle Alliot-Marie, j'ai envie de dissoudre le RPR...

Cassandre : – Mais tu l'as déjà fait...

N.S. : – Heu... pas vraiment. On a mis un autre nom... C'est tout... Et puis, je vais te confier une chose : je fais des rêves !

Cassandre : – Ah, ça m'intéresse, c'est mon métier les rêves, les signes dans le ciel, le vol des oiseaux, la couleur des intestins chez un jeune bœuf... Et puis surtout : les cauchemars !

N.S. : – Oui, oui, je sais... Mais c'est pas ça. Je rêve, chaque nuit, que je dissous l'Assemblée nationale...

Cassandre : – Tu as déjà dissous la Comédie-Française parce qu'ils ne voulaient pas de toi comme secrétaire perpétuel !

N.S. (se caressant le menton) : – C'est vrai, ça me plaisait bien le mot perpétuel...

Cassandre : – Continue comme ça et tu verras les sondages. Tu as vu ton score pour l'émission hebdomadaire de TF1 « Direct-Sarko ». Il baisse régulièrement. La prochaine fois tu passeras en dessous de cette série américaine dont j'oublie toujours le nom. Ah oui! C'est ça « Trois flics et deux danseuses ». C'est une comédie musicale. Ça se passe à Broadway.

N.S. : – Ah, mais moi j'aime bien les comédies musicales! Je crois que tu as tort, ma vieille. La vie est assez dure comme ça. Il faut y mettre du rose, de la joie, des fêtes, des bonbons, du foie gras. Mon objectif est simple, Cassandre : que chaque Français puisse se prendre un jour pour Sarkozy. Ça les fait rêver, tu sais. Si c'est nécessaire, je peux faire des claquettes.

Cassandre (pensive) : – J'étais à Munich...

N.S. : – Qu'est-ce que tu me parles de Munich ?

Cassandre : – Oui, c'était en 1938...

N.S. : – Mais moi je te parle de moi! Les claquettes!

Cassandre : – J'ai retrouvé le numéro de *Match* qui a suivi la conférence de Munich. On voit les photos d'Hitler, de Daladier, de Chamberlain... C'était très courtois! Une rencontre de gentlemen...

N.S. : – Et alors ? Quel rapport ?

Cassandre : – Eh bien, le titre de ce magazine, c'est, en grosses lettres : LA PAIX! Tu sais ce qui s'est passé un an plus tard!

N.S. : – Tu m'assommes avec l'Histoire. Je

déteste l'Histoire. Et d'abord, je sais bien que les Allemands ne m'aiment pas...

Cassandre : – Les Allemands sont des gens sérieux. Ils considèrent la monnaie comme une grande maison, ils veulent s'y sentir bien. Et les déficits comme quelque chose d'obscène.

Arrive une secrétaire portant un nouveau sondage.

La secrétaire : – Excusez-moi, Monsieur le Président, mais c'est important.

N.S. (grandiloquent) : – Ma petite, rien n'est important quand on parle du futur ! Montrez-moi ça quand même. Ah, c'est embêtant ! Je perds encore trois points. Je crois que ce nouveau gouvernement ne vaut rien. C'est terrible ça. Vous couvrez les gens d'honneur et ils vous claquent entre les doigts...

Cassandre : – Je crois que tout cela va mal se terminer, Nicolas.

N.S. : – Ah, ça suffit ! Tu n'arrêtes pas de me dire ça. C'est pénible à la fin. D'abord tu ne sais pas ce que je prépare.

Cassandre : – Non, mais je crains le pire.

N. S. (doucereux, s'approchant de l'oreille de Cassandre) : – Je vais nommer un évêque au ministère de l'Intérieur...

Cassandre : – C'est pas possible !

N.S. : – Ça tu ne l'avais pas prévu !

Cassandre : – Non, je ne prévois que les catastrophes...

N.S. : – Alors là, tu vas voir : ça va très bien se passer. Le Vatican me comprend. J'ai obtenu l'accord de mon copain Benoît. Tout est prêt. Je suis bien chanoine, non ?

Cassandre : – Mais comment il va faire, ton évêque, pour chasser les étrangers, démonter les tentes de SDF ?

N.S. : – Ne t'en fais pas, les étrangers, je m'en suis occupé, il n'y en a plus beaucoup. Fais le compte : 25 000 de moins par an. On va bientôt arriver à 200 000 ! Mais je vais faire mieux... je vais...

Cassandre (elle le coupe) : – Moi, j'étais une étrangère à Mycènes. Je crois que le Roi était un peu amoureux de moi, j'étais très belle. Et puis, une Troyenne, pour lui, c'était un peu exotique... Il a fait comme tout le monde, Agamemnon, il a fait comme toi : il n'a jamais voulu me croire. Personne ne me croit.

N.S. : – Ecoute, ma vieille, moi j'ai besoin de bonnes nouvelles. On ne peut pas gouverner sans bonnes nouvelles. Ce sont mes instructions pour le porteur de paroles. Et pour ma plume aussi. Tu connais Guaino ? On l'appelle le Danube de la pensée dès que j'ai le dos tourné... Tu sais, c'est terrible la jalousie des gens !

On annonce l'arrivée du ministre de la Pyramide des âges.

N.S.. – Entre ici, imbécile. Et ne t'assieds pas. Voici mes instructions : je veux qu'on ferme davantage de maisons de retraite. Disons : mille par an. Je t'avais dit cinq cents mais c'est pas assez. Je te le répète : il faut que les vieux meurent chez eux. J'en ai assez de voir des gens qui bavent dans leur yaourt à la télévision ! Ça fait baisser le moral des Français...

N.S. prend l'un des huit portables posés à côté de lui et appelle le ministre de la Culture du Résultat : – Dis-moi, espèce de crétin, j'apprends qu'on a du mal à fermer les maisons de retraite. Si on n'arrive pas à mille par an, tu es viré.

Il raccroche.

Cassandre : – Je vais m'en aller, Nicolas. Il faut que je passe par Bagdad, Kaboul, Nairobi, Karachi, la bande de Gaza... Tu sais, je n'arrête pas. Les hommes ne changent pas. J'étais déjà avec vous, avec les Français, à Trafalgar, à Waterloo, pendant la Commune, à Sainte-Hélène, à Alésia, à Sedan, à Alger en 62, à Hanoï en 1954... Et ce ne sont que les derniers épisodes... Je vous accompagne dans vos épreuves. J'aime bien la France. C'est un pays très pessimiste...

Cassandre sort.

N.S. : – Allez, salut ma vieille. Je vais voir Ségolène. Elle, au moins, elle a un moral d'acier.

N.S. quitte le petit temple grec, met sur son visage un masque vénitien, branche les écouteurs de son IPOD et se dirige à pas lents vers le pavillon de la Reine. La nuit tombe et l'on entend monter, à travers les arbres du bois tout proche, la pièce de Berlioz, Les Troyens, *à la fin de sa première partie.*

Juste pour conclure

Mon cher Nicolas,

Oui, je le reconnais : peut-être me suis-je laissé emporter. Peut-être ai-je sous-estimé ta bonté naturelle et la profondeur de tes sentiments. Tu le sais bien : je n'aime pas l'impartialité. C'est une fausse vertu. Souviens-toi : nous n'étions pas impartiaux.

Vois-tu, je m'étais engagé dans un silence assez paisible et tu es venu le briser. Tout cela c'est de ta faute. J'écrivais des livres, j'avais créé mon entreprise et me voilà t'interpellant comme si j'avais oublié l'éminente dignité de ta fonction, la gloire et le respect qui doivent naturellement l'entourer. C'est pas de ma faute : tu as tout fait pour ça.

Alors pour clore ce petit exercice d'insubordination, je fais le vieil écolier qui écrit à son surveillant général. Il se souvient des farces, des bonnes et mauvaises notes, des rigolades dans les escaliers et surtout, oh oui surtout, des cours de récréation entre les heures de classe et les heures de colle. C'était l'Assemblée, ou Matignon, ou l'Elysée déjà... On s'y donnait des bourrades, on philosophait, on marchait simplement côte à côte comme si le monde, au bout de la rue, nous attendait pour le reconstruire. C'était peu connu cette détente, juste à côté du pouvoir et du savoir. Mais ça existait.

Je t'écris donc parce qu'au fond tu n'es pas si méchant que tes adversaires le disent. Et c'est peut-être moi qui le suis. D'habitude je ne suis pas comme ça.

Chez les humains, la méchanceté c'est un travers de droit commun... Et je ne voulais pas être comme tout le monde. Mais depuis que tu es à l'Elysée je suis inquiet. Qu'est-ce qui t'a pris exactement? Je lis dans un journal que désormais la police française arrête des enfants... J'ai suivi avec consternation le morceau de Grand-Guignol qui t'a mis dans les bras de Kadhafi... J'apprends que tu as une « plume » qui te fait dire des bêtises... Il paraît que tu n'écoutes plus ceux qui t'entourent... Tu aurais même traité mon ami Martinon d'« imbécile »... Et ce pauvre Fillon avec ses beaux yeux de labrador... C'est pas bien tout ça, Nicolas. Je te le dis parce que nous avons grandi ensemble.

C'est vrai, il y a parfois de la mesquinerie

chez les Rois. Toute notre histoire le montre. Et Versailles, le Louvre, le Palais-Royal, l'Elysée, ce sont des bâtiments où la mesquinerie s'est largement déployée. J'ai bien connu Giscard et Mitterrand. C'est tout dire...

Mais toi! Toi qui m'as battu au tennis avec une élégance, une discrétion que je n'ai pas oubliées! C'était à Biarritz. T'en souviens-tu? Il y avait Cécilia, Ysabel, la beauté de la mer, notre fraternité dans la défaite. On savait bien que Chirac allait nous rayer de la carte, nous exiler. Et Guernesey c'était tellement loin de Brégançon! Mais il y a des exils intérieurs qui sont bien plus durs, très chargés d'amertume. Les hommes politiques, qui se veulent un peu aventuriers, appellent cela « une traversée du désert ». Ils pensent à de Gaulle, à Poincaré, à Necker, à tant d'autres qui sont plus grands qu'eux... Ils apaisent ainsi leurs souffrances. Peut-être va-t-on les rappeler? Ils sont certains d'avoir bien agi. Mais la politique n'est pas une science exacte. Tu en sais quelque chose...

Et puis, ces histoires d'ADN pour le regroupement familial, ce n'est pas toi! Tu t'es fait déborder par quelques malades de l'UMP. Des frénétiques... L'Arche de Zoé, ce n'est pas toi! Ces pieds-nickelés qui ont eu le culot de ne même pas prévenir Guéant quand ils sont partis pour le Tchad. Tu te rends compte! Et toi, toujours la main sur le cœur : « J'irai les chercher un par un... » Tu imagines Bush nous prévenant qu'il va venir chercher les touristes américains qui ont fait des conneries en France? Tu lui mettrais, au bas de l'avion, le RAID *cagoulé, le* GIGN *recagoulé, que dis-je? La Légion, les Forces spéciales...*

Moi, j'ai suivi ta campagne. Je te le dis maintenant : malgré tes promesses un peu fanfaronnes, j'ai voté pour toi, ce n'est pas si mal. J'aurais pu voter pour Bayrou, plus sérieux au fond, mais il n'était pas au deuxième tour... Comme tout le monde, dans la vivacité de ton caractère, tu as pu te tromper. Jadis et aujourd'hui encore. C'est normal, tu n'aimes pas qu'on te contredise. Et ce dernier débat avant ton élection! Tu regardais tout le temps les journalistes. Tu avais peur du beau visage de dame Royal. Je crois que tu as toujours eu peur des femmes. Tu veux les séduire mais tu ne sais pas les commander. Juste un conseil : il ne faut jamais essayer... Tu as dans ton gouvernement cette Madame Boutin. Regarde comme elle fait. Elle a le comportement d'une armoire suisse. Placide et tout. Gentille. Mais tu ne la commanderas jamais! Elle n'a peur de rien.

Fadela Amara c'est très bien. Elle ne connaît pas Neuilly, les dîners en ville, la maîtresse de maison qui n'aime ni les Arabes ni les juifs (et peut-être même pas les francs-maçons...), l'industriel qui calcule ses stock-options entre la poire et le fromage, et puis ces ascenseurs où tes gardes du corps attendent les invités avec un regard incrédule parce qu'à Neuilly les ascenseurs fonctionnent! Elle est bien Fadela Amara, elle dit des gros mots. Quand on était petits, on faisait ça aussi... Si jamais, ainsi que je l'ai entendu, tu veux la faire noter comme une écolière, ne sois pas rancunier... Elle a dit qu'elle ne voterait pas pour toi la prochaine fois. Nous sommes quelques-uns dans ce cas-là. Ne nous en veux pas. Je sais : il y a des ministres qui se sont fait virer pour moins que ça... Mais garde-la! Sois magnanime. Je suis sûr qu'elle a voulu s'aligner sur Cécilia qui, tu t'en souviens, ne s'était pas déplacée pour l'élection présidentielle...

Tu en as d'autres, auprès de toi, des hommes dont j'ai oublié les noms. Je les ai connus s'agrippant aux cordes qui mènent aux différents étages du pouvoir : cabinets ministériels, secrétariats d'Etat à la diététique, à la dureté de la vie, aux rues piétonnes... Et puis ministres enfin, hantés par le licenciement. J'ai suivi ces étapes, moi le garçon appliqué, gentil et courtois, gendre idéal, parfois désagréable, empoté ou inutile... Je les imagine autour de toi, guettant le moindre geste d'impatience, ce tapotement des doigts sur la table, cette exaspération qui te fait lever les yeux au ciel lorsque tu entends la voix un peu acide de Madame Alliot-Marie.

Aujourd'hui, j'ai envie de te chanter la chanson de Barbara « Dis, quand reviendras-tu? Dis, au moins le sais-tu? » Je parle à ce petit garçon que je n'ai pas connu, resurgi dans les pages des magazines, issu d'un temps très ancien, avant que le pouvoir ne brûle son visage comme on le fait de photos jetées dans les cheminées. Tu as eu raison de citer Guy Môquet. Cette jeunesse-là, intacte et fervente, qui s'abat d'un seul coup, laissant derrière elle le grand silence du courage, cette jeunesse-là, elle est belle et sans doute plus belle que la nôtre...

J'aurais aimé qu'à côté de Guy Môquet tu cites Aragon, celui de L'Affiche rouge. *Parce qu'il parle de Manouchian et que le poème d'Aragon est lové dans l'écriture de la dernière lettre du futur fusillé. Pourquoi dis-je cela? Parce que ces étrangers « mais nos frères pourtant » ont davantage honoré la France que ces « bons Français » qui tranquillement la salissaient à Vichy. Parce que ce sont souvent des étrangers qui ont aimé notre pays plus que nous ne l'avons fait. Parce qu'ils portaient*

« des noms difficiles à prononcer », parce qu'ils considéraient que peut-être dans le mot France il y avait un désir de droit et – qui sait – une résistance cachée.

A propos, tu fais bien de ne plus parler de « La France patrie des droits de l'Homme ». D'abord parce que l'Homme avec un grand H ça n'existe pas. C'est trop abstrait. Il y a la maman qui de crèche en crèche, de secrétariat bidon en CDD éphémère, n'arrive pas à s'en sortir et qui pleure le soir lorsque les enfants sont couchés. Il y a le type qui gère son entreprise comme une brute et qui prépare, en douce, les millions d'euros mérités à ses yeux pour son dévouement à l'économie française. Il y a l'enseignant qui renonce parce que c'est trop dur et que, un par un, comme des naufragés, ses élèves décrochent. Il y a le jeune Beur qui vient avec sa copine à la porte d'une boîte de nuit et qui s'entend dire, dans le brouhaha de la musique et des rires, que non, elle est fermée la boîte... Et le petit vieux qui se laisse mourir et le chômeur que sa famille méprise et puis... et puis... Tu le sais bien, ce n'est pas un Homme abstrait cette collection de malheurs qu'il te faut diriger, gouverner, conduire. Finalement, je ne sais plus quel est le bon terme...

Et je me demande ce qui pousse les gens à chercher un chef, ce qu'ils attendent de ce chemin, toujours un peu dangereux, qui débouche un jour ou l'autre sur la servitude.

Et puis, nous ne sommes plus la patrie de ces droits-là. Il suffit de voir l'état de nos prisons, il suffit de savoir qu'elles sont largement peuplées de gens qui n'ont pas été condamnés, il suffit de voir la manière dont on achète des groupes de presse comme on le ferait de boîtes de sardines, et les SDF, et les petits vieux, et ces expulsés qui payaient leurs impôts depuis des années, etc. Je ne vais pas te faire la démonstration de ta nonchalance sur ces sujets. Bon. Tu ne parles plus des droits de l'homme et au fond tu as compris qu'il faudrait trouver d'autres mots...

Le général de Gaulle, auquel tu ne fais pas assez référence à mon gré, aimait l'Afrique. Et je ne comprends pas pourquoi il n'a pas suivi certaines des vieilles et sages coutumes africaines : faire choisir, par exemple, notre Président sous un baobab par une assemblée de vieux sages, réunis par leur âge, leur expérience, le respect dont ils sont entourés. Tiens : le Sénat par exemple. Jamais un dictateur ne sera issu du Sénat ! La plupart de ceux que nous avons connus venaient du suffrage universel... Tu devrais, cher Nicolas, méditer cette réalité.

D'ailleurs, s'il fallait trouver une preuve du caractère généralement inoffensif d'un collège de vieux messieurs, ce serait la description que fait Chateaubriand des séances des 2 et 3 avril 1814, au cours desquelles fut décrétée la déchéance de Napoléon. Certes ce ne fut pas très élégant de la part des sénateurs, mais enfin... Napoléon qui les avait comblés d'honneur et d'argent apprit ce jour-là (mais il le savait déjà) ce qu'était la nature humaine.

Puisses-tu, cher Nicolas, dans l'exercice de ton pouvoir, te souvenir sans fin de cette belle réflexion des Mémoires d'outre-tombe *: « Il y a des temps où l'on ne doit dépenser le mépris qu'avec économie, à cause du grand nombre de nécessiteux. »*

Mais surtout, mon vieux Nicolas, laisse-moi te dire une chose : si je suis inquiet de ta quasi-certitude d'avoir toujours raison, je suis plus inquiet encore de l'extraordinaire rapidité de nos emportements nationaux comme de nos déceptions. Tu t'efforces de nous tenir en haleine à la manière de ces jongleurs dans les cirques qui font tourner les assiettes au bout de plusieurs bâtons. Ils vont d'une assiette à l'autre, d'un bâton à l'autre, et nous sommes naturellement captivés par leur célérité. C'est ce qui se passe avec toi. Combien sont-ils, dans les réunions de famille, à dire « Ah! Quel artiste! ». Mais nous sommes un peuple dont les admirations sont fugitives. Souviens-toi sim-

plement que Churchill et de Gaulle qui, l'un et l'autre, avaient sauvé l'Europe du désastre furent, l'un et l'autre, battus par des élections. Ils ne le furent nullement par la bête immonde contre laquelle, avec panache, ils se battirent. Gagner la guerre et perdre les élections, c'est quelque chose qui choque la raison. Mais y a-t-il de par le monde une discipline plus injuste et moins rationnelle que la politique?

Tu en fais toi-même la douloureuse expérience avec cette histoire de « plume » (jadis, on disait un nègre) qui pense et écrit à ta place. Quelle drôle d'idée tu as eue de laisser dire que tu étais incapable d'écrire toi-même tes discours! Surtout quand le type est, me dit-on, sensible à sa propre gloire.... Voilà qu'il te fait un discours aux petits oignons, tout fignolé de délicatesses où il te fait dire que personne n'est plus africain que toi. Où il décrit avec les couleurs d'un explorateur colonial ta passion pour ce continent de mystère et de lumière. Et patatras! Les étudiants de Dakar qui sont souvent moins ignorants que les nôtres entendent ce qu'ils ne voulaient plus entendre.

Te souviens-tu d'avoir dit ceci : « Le drame de l'Afrique c'est que l'homme africain n'est pas assez entré dans l'Histoire. » Mais de quel droit, de quelle altitude peux-tu dire cela? De quelle chaire? De quel mandat?

Et puis : « Jamais l'homme (africain) ne s'élance vers l'avenir. Jamais il ne lui vient à l'idée de sortir de la répétition pour s'inventer un destin. » Mais qu'est-ce qui t'a pris de dire une sottise pareille ?

Et puis encore : « Le problème de l'Afrique, c'est qu'elle vit trop le présent dans la nostalgie du paradis perdu de l'enfance. » On dirait la vieille pub : « Y a bon Banania... »

J'étais voici quelques jours à Dakar et je discutais avec de jeunes chefs d'entreprise sénégalais. Ils étaient immergés dans Internet, faisaient des affaires, prenaient des marchés et se moquaient bien de ce que tu avais pu leur dire.

En revenant vers Paris, j'en retrouve quelques-uns. Je leur pose cette question : « Vous allez à Paris ? » Tu sais ce qu'ils me répondent ? « Non, Monsieur, on passe par Paris mais on va à Pékin... »

Mais foin de tout cela ! Je vais te donner de mes nouvelles puisque tu ne m'en demandes pas. Avec ma famille, les oliviers, les chiens, ma petite entreprise, je vais très bien. Comme écrivait Chateaubriand à Madame Récamier : « Inutilement je vieillis. » J'adore cet « inutilement ». Donc j'écris, je lis, je travaille et je trouve dans cette paix de l'esprit beaucoup de contentement. C'est d'ailleurs en lisant Montaigne que j'ai eu envie de me tourner vers toi. Montaigne est, pour qui le souhaite, un compagnon de tous les jours. Est-ce que c'est méchant de dire qu'il est le contraire de ce que tu es ? Il est paisible, modéré, enrichi au doute, vagabond dans le plaisir de vivre, à l'abri des regards et des honneurs, attaché à quelque amitié discrète fondée sur la conversation... « La plupart de nos vacations sont farcesques », écrit-il. J'ai trouvé cette phrase admirable et c'est elle qui m'amène à te parler avec impertinence. Mais rassure-toi, je lis aussi Blake et Mortimer. *Bien sûr, pour Montaigne la farce judiciaire l'emportait sur toutes les autres. C'était celle du parlement où il siégeait, celle de la mairie de Bordeaux également, toutes celles qu'il avait examinées avec ironie, avec un sens aigu du grotesque humain. C'est donc lui, après mon insolent de frère, qui m'a poussé à ne plus jamais être sérieux avec le pouvoir. Le frère, lui, il chantait : « J'étais grand, j'étais beau, j'ôtais pas mon chapeau... » Ah, quel est ce bonheur délicieux de ne pas s'incliner ?*

Mais il se trouve que tu as choisi une voie, que j'ai moi-même un temps épousée, dans laquelle si l'on ne s'incline pas toujours, sauf devant le peuple, du moins faut-il en permanence composer avec tout ce que l'esprit con-

sidère comme désagréable. Quand je pense que tu as pu trouver du plaisir à discuter avec Bush !

Je reviens donc à Montaigne. Je ne me prends pas pour lui mais je mesure à son juste prix l'honneur de le fréquenter. Il justifie, avec quelques siècles d'avance, ma téméraire espérance de mourir convenablement. Par ailleurs il t'adresse un message malicieux que je traduis en français d'aujourd'hui : « Sur le plus haut trône du monde nous ne sommes assis que sur notre cul. » Et puis déjà il parle de ta « hastiveté » qu'il n'aime pas. Tu remarqueras que c'est un beau et ancien langage français. En employant le mot « bravitude », Ségolène avait inventé quelque chose d'étrange qui remplaçait inutilement le mot bravoure. Je crois qu'il ne faut jamais substituer un mot à un autre. Il suffit de les laisser grandir dans leur vie et puis, comme tout le monde, ils vieillissent et disparaissent...

C'est pourquoi je te le dis : je n'ai pas « abandonné » la politique, ce qui au demeurant n'aurait rien d'héroïque. C'est le temps qui s'est rappelé à moi, avec son inconvenance, son insistance, murmurant à chaque instant que la vie est toujours à venir. Donc je fuis. Je la cherche. Et c'est un exercice relativement honorable.

Je te quitte, mon cher Nicolas. Que la vie soit douce pour toi. Qu'elle te permette de ne pas perdre la raison devant l'étendue des pouvoirs qui t'ont été confiés.

Bonne chance.

N.B. S'il te plaît, n'embrasse pas Madame Merkel de cette façon. Pour deux raisons : d'abord parce que ce n'est pas ta mère et deuxièmement parce que les Allemands, lorsqu'on les aime, il faut le leur dire avec une certaine déférence. Souviens-toi de ce que faisait Chirac. Ah ! le baisemain comme politique de civilisation !

Mon Général,

Le silence de la Boisserie se prolonge autour de nous. Il est si grave, si profond, si éloigné de notre tapage que l'on peut se demander s'il entoure bien, hier et aujourd'hui, la même fonction et la même République. Je ne vous ai pas connu, j'étais comme tout le monde : j'ai grandi dans les légendes que l'on semait autour de vous. Parfois méfiant, parfois étonné, toujours convaincu en mon for intérieur que vous n'étiez pas tout à fait parmi nous mais ailleurs, dans un livre d'images. J'ai compris aussi que le silence de la Boisserie était inséparable d'une certaine tristesse. Peut-il exister un pouvoir qui ne soit pas associé à la tristesse? Lorsque c'est le contraire, ce que l'on appelle alors la passion du pouvoir me semble de toute évidence un danger public...

Vous avez aujourd'hui un successeur, le

sixième, qui vous a encore moins connu. Ça s'entend, ça se voit, ça se lit. Ce n'est pas sa jeunesse qui le fait différent. C'est cette histoire de silence. Vous aviez traversé le fracas des armes, la condamnation à mort, le mépris et la flatterie tour à tour, l'exil intérieur, la ferveur populaire, les petits complots des partis, la haine... Et au milieu de tout cela vous avez installé du silence. Religion, famille, loisirs, épouse, argent, cette part de l'homme qui est mise en scène aujourd'hui, vous l'avez gardée pour vous parce que ce n'était pas la République.

On veut nous faire croire maintenant qu'il est bon d'étaler ses amours parce qu'il y a une demande, parce qu'il y a un public, parce qu'il y a un peuple. Le mot peuple, vous n'aviez pas besoin de le mettre en anglais pour le respecter. Ce mot est goûteux, en français, comme on le dit d'un fruit. Il a du corps affirment les vignerons pour le bon vin. C'est à la fois la dignité ouvrière, la résistance au pouvoir, l'énigme de la fierté collective, le travail manuel, la pauvreté parfois... C'est le chant des partisans et des artisans, la butte rouge et la République bleue, les canuts de Lyon, Victor Hugo, l'abbé Pierre et Gavroche, les marins de l'île de Sein, la Commune de Paris... Et puis contre vous, mon Général... (vous en avez gardé le souvenir) la grève des mineurs du Nord avec leur slogan : « Charlot, des sous ! »

Ça gueule un peuple, ça rouspète, ça peut se coucher et puis un jour, parce que c'est trop grave, parce que c'est de liberté qu'il s'agit, ça devient la Résistance française...

On vous a appelé le Connétable, le Souverain... mais l'homme rude que vous étiez avait mis de la tendresse dans son accent lorsqu'il parlait du peuple ou de la France. Et pour vous, le peuple et la France, c'était la même histoire, la même aventure.

Si le Président d'aujourd'hui déploie ses amours et ses atours devant le peuple, s'agit-il encore de la République ? S'agit-il encore de respect ? Peu nous importe sa religion ; elle est certainement plus vacillante que celle que vous vous gardiez d'afficher. Peu nous importe ses affections portées en bandoulière sous l'œil gourmand des photographes. C'est son affaire. Avec « tante Yvonne », vous aviez fait autrement. C'est vrai que vous étiez né à la fin du XIXe *siècle. Permettez-moi de remarquer que cela ne vous a pas empêché d'être moderne. Mais, si l'on peut dire, « à l'ancienne », refusant dans le monde à venir la nouvelle tyrannie du spectacle. Je parle de cette façon de diriger un pays qui aujourd'hui nous époustoufle et qui déjà commence à nous lasser : un présent permanent, le jeu des apparences, une forme de vulgarité avec le temps, les hommes, l'argent. Et la forfanterie comme vertu...*

Julien Gracq vient de mourir. Vous l'avez peut-être connu à un moment où personne ou presque ne vous connaissait. Ni vous, ni lui. On est au début du mois de mai 1940. Il est lieutenant d'infanterie. Vous n'êtes pas encore général. Son régiment est stationné près de la frontière belge. Il a écrit : « C'est là que les avions nous réveillèrent de bonne heure, le matin du 10 mai. » Je vous imagine, tous les deux, français par la langue et par la guerre, dans la couleur bleutée du printemps de 1940, le colonel et le professeur, pris dans la même détresse, la même colère, face aux blindés allemands. Ça a donné aux lettres françaises Un balcon en forêt, *un petit bijou, un cadeau d'intelligence.*

En 1949, vous prenez le risque de construire le RPF (« ils y entrent pour avoir des voix et ils en sortent pour avoir des places »... dites-vous) et vous avez, j'en suis sûr, lu le petit livre de Gracq, La Littérature à l'estomac, *lorsqu'il a paru.*

Eh bien, mon Général, ce qui se passe aujourd'hui c'est la politique à l'estomac, la même similitude entre le milieu politique et le milieu littéraire, la même arnaque qui permet de vendre de faux livres ou de fausses promesses à des gens que le spectacle a soigneusement décervelés.

Mon Général, notre Président d'aujourd'hui a cinquante-trois ans. C'est à cet âge exactement que vous êtes littéralement convoqué – en pleine guerre – par Roosevelt et Churchill pour recevoir d'eux l'ordre (je dis bien l'ordre) de vous entendre avec Giraud. Vous savez, mieux que quiconque, à quel point ces deux hommes « pèsent » sur la guerre, et même sur vous, par leurs moyens militaires, leur aide financière. Eh bien, ce jour-là, au Maroc, vous dites non. Vous refusez de plier. Ce n'est pas votre premier refus. Ce ne sera pas le dernier.

C'est pour ce refus de céder à l'argent, à la force, que nous vous aimons encore.

Si le silence de la Boisserie, la solitude et le courage, si la dernière photo sur cette plage irlandaise balayée par le vent, pouvaient servir de messages aux dirigeants de ce nouveau millénaire, nous vous en serions longtemps reconnaissants.

Je vous prie d'accepter, mon Général, les sentiments de profond respect d'un Français qui ne vous a pas connu.

J'imagine un homme...

J'imagine un homme.

Il sort d'un camp où ses frères humains ont été torturés, pendus, brûlés, achevés un à un dans le mépris ou, pire encore, l'indifférence.

J'imagine cet homme, un rescapé comme ils furent quelques-uns, livré à son propre silence parce qu'il n'y a plus de parole en lui, suffoqué par la haine qu'il a rencontrée, l'absence de tout espoir.

J'imagine cet homme (il a tellement existé...) au bord, chaque matin, de sa mémoire.

Sans qu'il l'ait voulu, l'ancienne parole – d'elle-même – s'est inversée en lui : « Haïssez-vous les uns les autres, comme je vous ai haïs. »

Il est juif, cambodgien, gitan, arménien, rwandais, homosexuel, noir, opposant politique ou religieux. Il est l'Autre. Il n'est pas l'Ennemi, il est le sous-homme. Il sort du XXᵉ siècle.

J'imagine cet homme voulant clore sa vie, de lui-même, de son propre chef, de sa propre décision. En finir.

Il est sans doute le plus averti de tous les humains.

C'est à lui que je pense.

Si je veux penser à tous les autres.

Si je veux parler dans l'insouciance des autres.

Qu'ai-je envie de lui dire ?

Je m'avance à pas comptés. Car il ne se souvient que des cris, des insultes. Je sais que chaque mot est une blessure pour lui.

J'admets avec lui ce qu'il y a d'absurde dans la vie si elle n'est pas d'abord la conscience d'une lutte contre l'absurde.

Je conviens que les mots d'espoir ou d'espérance ne peuvent pas, ne peuvent plus se reporter vers l'au-delà. Vers où ses frères s'en sont allés.

Je me mets à souhaiter ce que, peut-être, il ne souhaite plus.

L'intelligence. Ce caractère dérisoire de l'intelligence. Aussi dérisoire que la guerre. Mais beaucoup plus beau.

Cette façon qu'a l'homme de tout comprendre et de ne rien savoir. De ne rien admettre non plus. Y compris le silence de Dieu.

Cette attitude de l'esprit qui toujours, sans

cesse, refuse. Avec obstination refuse. Par exemple, la soumission. Par exemple, la bêtise. Par exemple, la haine.

Je souhaite pour lui le sourire d'une petite fille, la main d'une femme dans ses cheveux, la parole sage d'un très vieil homme...

Et pourquoi pas ? le goût du vin, une fleur posée sur la table, la fraternité d'un paysage.

Je souhaite, au plus profond de lui, la beauté. Et je m'arrête parce que probablement, il ne m'écoute plus.

Je m'arrête pour que le silence lui apporte la paix. Pour qu'il écarte ce loup que l'autre homme a été pour lui.

Je ne souhaite pas qu'il lui pardonne.

Je ne voudrais pas qu'il pense que ça ne reviendra pas.

Parce que ça revient toujours. Et le courage aussi d'y résister.

J'imagine un homme dont la mémoire serait l'ultime sauvegarde de son bonheur.

Achevé d'imprimer sur les presses de

BUSSIÈRE

GROUPE CPI

à Saint-Amand-Montrond (Cher)
en mars 2008

N° d'édition : 15266. — N° d'impression : 080840/1.
Première édition, dépôt légal : mars 2008.
Nouveau tirage, dépôt légal : mars 2008.

Imprimé en France